第一部

谷崎潤一郎の生涯

㊉《まるきゅう》の潤ちゃん

うーちのなあかの蛤《はまぐり》ッ貝
外《そーと》へ出ちゃ蜆《しじみ》ッ貝

幼いころの谷崎潤一郎は、母やばあやに、よくこういってからかわれたそうである。はまぐりは大きな貝、しじみは小さな貝である。家のなかでは大きな顔をしていばっているが、外へ出ると小さくなっているもの、つまり、内弁慶をからかう言葉であった。

谷崎の内弁慶ぶりは人並はずれたものだった。家庭のなかではわがまま一杯《いっぱい》のわんぱく坊主であったのに、一歩外へ出ると、見知らぬ人には口もきかなかった。目と鼻の先にある本家へも、一人では行けない。つきそいのばあやの姿がちょっとでも見えなくなると、あたりかまわず泣きわめいたという。だから、幼稚園へは決して一人では行こうとしなかった。初めから終わりまで、ばあやが隣りの席にすわっておもりをした。

さすがに、小学校では、そんなわがままは許されなかった。それでも谷崎は、一人では絶対に通学しないとい張るので、ばあやがついて行くことになった。ばあやは、授業中もずっと廊下《ろうか》に立って、谷崎に顔を見せていなければならなかった。

ある日、谷崎がふと見ると、ばあやがいなかった。雨が降り出したので、かさを取りに帰ったのである。それを知った谷崎は、われるような大声で泣き出し、先生の止めるのもきかずに、家まで逃げ帰ってしまったのである。

偉いお祖父《じい》さん

谷崎は、なぜそのような内弁慶になってしまったのだろうか。しかし、その理由をのべる前に、谷崎の祖父について語ろう。

谷崎潤一郎の祖父、久右衛門《きゆうえもん》は、幕末のころには、江戸の深川で釜屋《かま》の総番頭をしていた。釜屋というのは、釜を鋳造する商売である。明治維新後に独立した久右衛門は、しばらく旅館を経営していたが、それを娘の夫にゆずり、文明開化の先端を行く、新しい商売を始めた。ひとつは、日本点灯会社、もうひとつは、谷崎活版所というものである。

電灯が普及するまでは、ガスに火をともして夜間の照明にしていた。それをガス灯といったが、そのころはそのガスさえも行きわたらなかったので、街灯は石油ランプであった。人をやとって、夜になると石油ランプに火をともして行く——日本点灯会社というのは、そういう仕事をする会社だった。

もうひとつの谷崎活版所というのは、今でいう印刷所であるが、おもに米相場の速報を刷らせたのであ

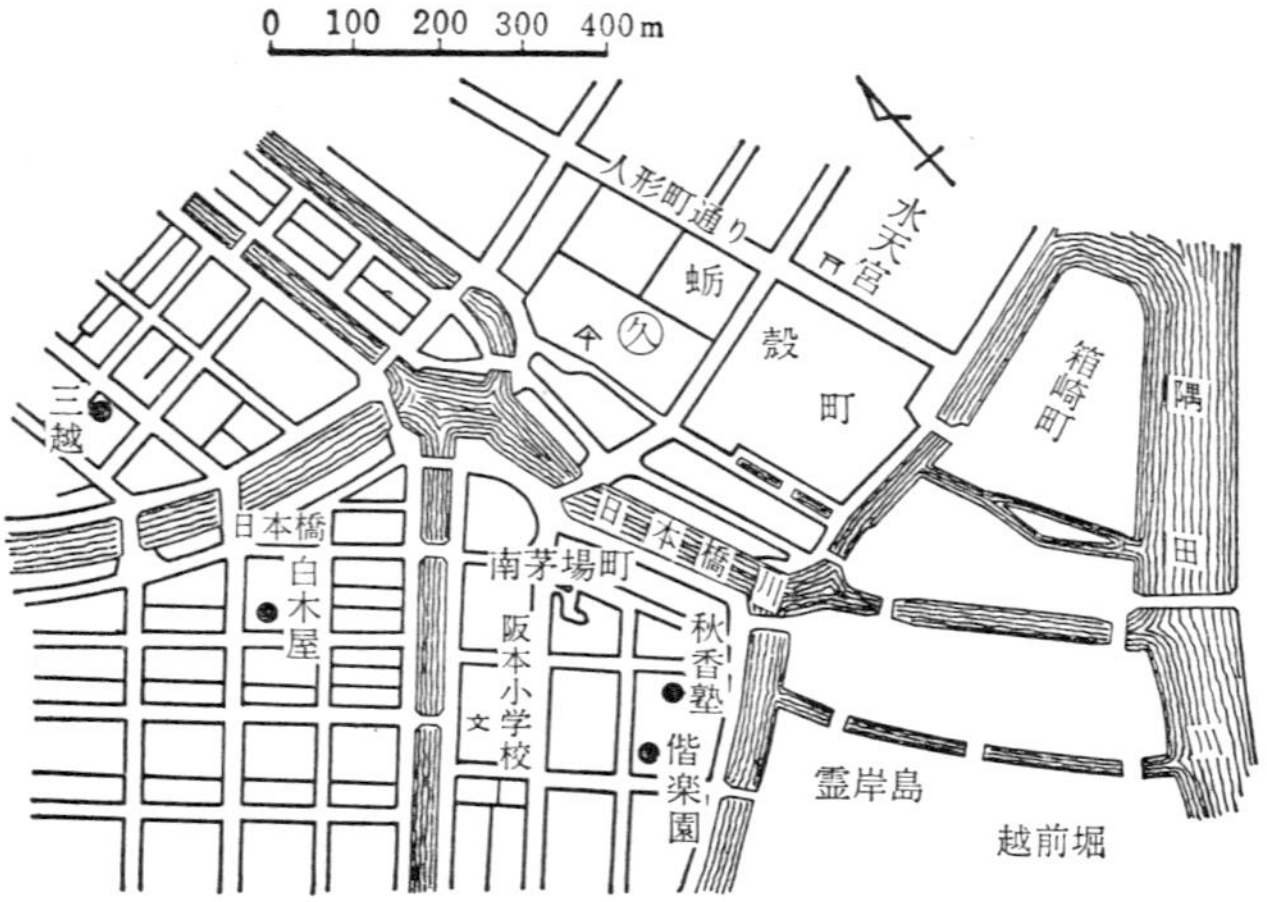

潤一郎生家付近（水天宮、三越、白木屋は現在の位置）

る。米の値段は、現在では国家で統制されているが、当時は自由に売買できた。そのために、米相場というものは、国全体の経済を左右するほどの、取引の重要な対象であった。だから、米相場で成功すれば一日で大金持になり、失敗すれば一夜で破産するという時代だった。米相場の上がり下がりを知ることは、そうした取引に関係している人たちにとっては、生命よりもたいせつなことであっただろう。

久右衛門はそこに目をつけ、米の取引所に近い、日本橋蛎殻町《かきがらちょう》二丁目十四番地に印刷所をもうけた。そして、その日その日の米相場の情報を印刷して売り出した。

久右衛門のねらいは的中し、谷崎家は久右衛門一代で財産家となった。谷崎自身は、祖父についてなにも記憶がない。しかし、もの心がつくようになると、家族のだれもが、久右衛門のことを、「偉いお祖父さん」だといって話してきかせた。まったく、久右衛門は、「偉いお祖父さん」だった。

仐《やまじゅう》と(久)《まるきゅう》久右衛門の子どもは、上三人が女の子で、下四人が男の子だった。けれども、どういうわけか、久右衛門は女の子ばかりをかわいがった。それでも長男には家を継がせたが、あとの三人の男の子は、みんな里子に出してしまった。そして、江沢という酒問屋から、実之介《じつのすけ》、和助《わすけ》という二人の兄弟をひきとり、それぞれ自分の娘と結婚させた。

谷崎家の家系図

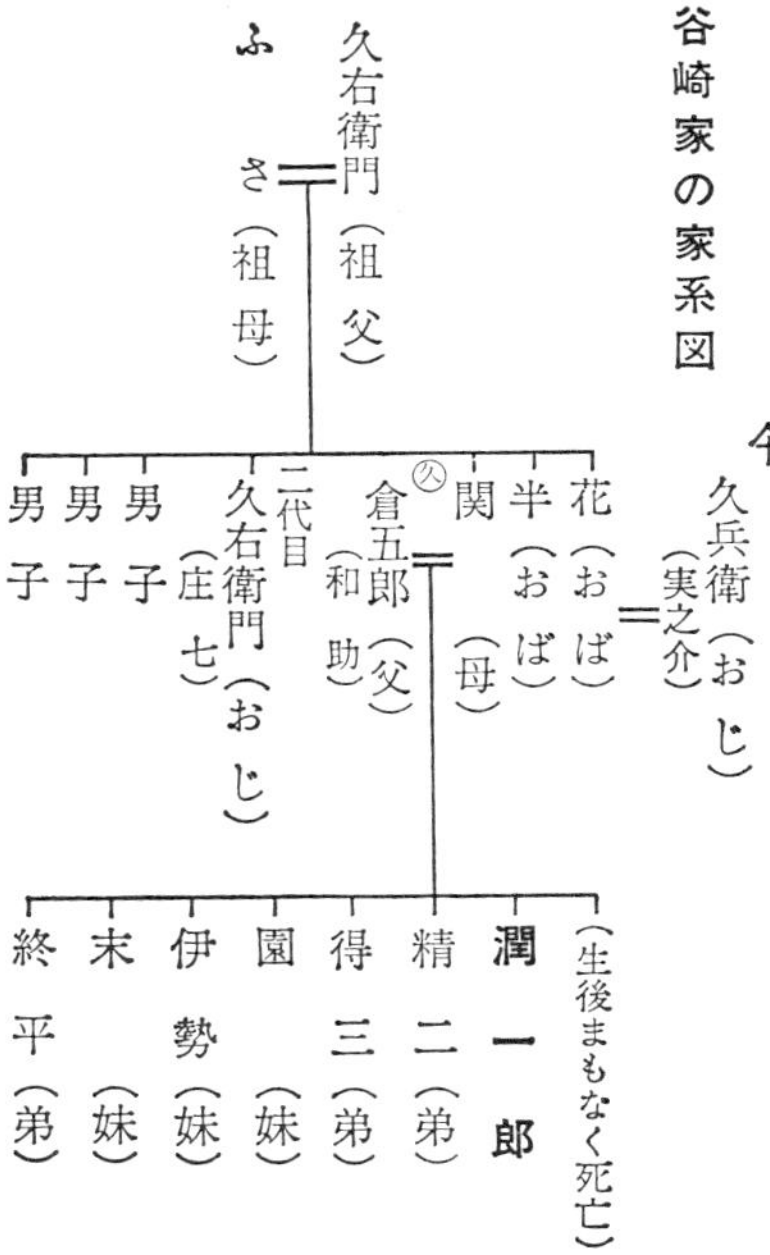

実之助は久兵衛《きゅうべえ》と名前をあらためて、仐という屋号の米の仲買店を開いた。

和助は倉五郎と名前をあらためて、これはややのちのことであるが、(久)という屋号で、やはり米の仲買店を開いた。

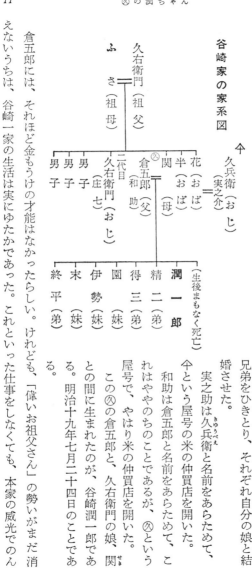

この(久)の倉五郎と、久右衛門の娘、関《せき》との間に生まれたのが、谷崎潤一郎である。明治十九年七月二十四日のことである。

倉五郎には、それほど金もうけの才能はなかったらしい。けれども、「偉いお祖父さん」の勢いがまだ消えないうちは、谷崎一家の生活は実にゆたかであった。これといった仕事をしなくても、本家の威光でのんびりと暮らせる父親と、もともとお嬢さん育ちで米のたき方さえ知らない母親と、大勢の奉公人たちにちやほやされて、谷崎は育っていった。

実際には次男であるが、長男が生後まもなく死んでしまったので、谷崎は長男としてあつかわれた。なにひとつ不自由のない家庭で、両親は子どもにあまく、しかもその子どもが初めての子であれば、どんなにわがままな子になるかは、およそ想像がつくだろう。

人並はずれた内弁慶の「潤ちゃん」の性格は、このような環境のなかで形成されていったのである。

美人の母

花《はな》、半《はん》、関という久右衛門の三人娘は、いずれも評判の美人でなかでも、谷崎の母親であった関は一番美しかった。

そのころ、東京の下町《したまち》では、美しい娘の姿を錦絵《にしきえ》という木版画に刷って売り出す習慣があった。今日の、人気俳優や人気歌手のブロマイドと同じようなものだと思えばよい。ただ、違っている点は、人気の対象がそうした芸人ではなくて、一般町家の娘であったということである。

谷崎の母親の関は、そうした錦絵には、もちろん刷られたし、美人番付

（潤一郎生家付近）

の大関にくらいするほど美しかった。

この美しい母に、谷崎があまえて育ったのはいうまでもないが、成人しても、おそらくは一生の間、谷崎はこの母のおもかげを探し求めていたことだろう。

母性思慕——これは、谷崎の文学全体を通じて、もっともたいせつな主題のひとつである。「母を恋ふる記」「吉野葛《よしのくず》」「芦刈」「少将滋幹《しげもと》の母」「夢の浮橋」などに、その実例を見ることができる。

この母性思慕がもうすこし広がって女性崇拝となり、それが谷崎のほとんどの作品の主題となる。だから、谷崎の作品と谷崎の母性思慕の念とは、切っても切れない関係にあるわけである。その意味からも、谷崎の文学にとって、谷崎の母親の存在は、大変重要な意味を持っている。

日本の近代文学のなかで、谷崎ほど飽くことを知らず、母性思慕の情を描きつづけた作家は、泉鏡花を除けば、ほかにだれがいるだろうか。谷崎にとっては、母は永遠の恋人であった。「女の顔」という短文のなかで、谷崎はこう書いている。

「崇高と云へば、何かそこに永遠的なものが含まれて居《いる》べきだと思ひま

現在の日本橋蛎殻町

す。私は空想の中で屢亡《しばしばな》くなった母の姿を浮かべます。それも臨終の際の姿ではなく、いつどんな時の顔だか知れないが、多分私が七つか八つの子供だった頃《ころ》の若い美しい（私の母は美しい女でした）母の顔を浮かべます。それが私に一番崇高な感じがします。」

このような気持を、谷崎は母に対して、一生持ちつづけたのであろう。

谷崎の母は、小柄ではあるが、かなり肉づきのよい、色の白い婦人だった。それも、谷崎が、「一緒に風《ふ》呂《ろ》に這入《はい》ってゐて思はずハッとして見直した」ことがたびたびあるほどの白さだった。「威張《いば》屋のくせに意《い》気地《くじ》なしで、呑《の》ん気のくせに神経質で、我《わ》が儘《まま》な人の好《よ》い婦人」だった。いくつになっても苦労知らずの箱入娘で、のちに家計が苦しくなったころでも、炊事ができないので女中をやとわなければならなかった。どこへ行くのにもすぐ人力車にのった。雷や地震は大きらいだった。ちょっとゴロゴロ鳴りだすと、かやをつって、その中でふるえていた。多少大きな地震がくると、たびはだしで外へ飛び出し、安全な場所へ行きつくまで休まなかった。

こんな母親に谷崎は精いっぱいあまえ、弟の精二が生まれたあと、自分はもう六歳になっているのに、まだ母親の乳ぶさを吸わせてもらっていた。

関は、子どもにただあまいだけの母親ではなかったらしい。ときには潤一郎をつかまえて、ひどくしかった。それは、潤一郎に正座をさせておき、そのももの上を、四、五十センチの鉄の棒で、くりかえし打つのである。昔の子どもは、いたずらをすると、よくお灸《きゅう》をすえられたものだが、谷崎もなん度かすえられたことがある。

失意の父

谷崎の書いた作品や思い出を見ると、母についてはしばしば書かれているが、父の影はうすい。

それは、谷崎が非常に母性を思慕していたからでもあるが、実際にも谷崎の父は目だたない人であった。

潤一郎の両親（明治20年ごろ）

商売人でありながら、商才にとぼしい人でもあった。だから、せっかく、「偉いお祖父さん」であった久右衛門から譲りうけた仕事を、つぎからつぎへと失敗させていった。

谷崎が二歳のころ、洋酒屋を開業したが、まもなく経営不振となり、本家へもどった。谷崎が四歳のころには、例の日本点灯会社の仕事をしていたが、それにも失敗し、人手に渡してしまった。三度目に開業したのが、(久)という米の仲買店であった。これも三、四年のうちにうまく行かず、谷崎が十歳の年にはとうとう没落してしまい、その後は本家や伯父の世話になって、ほそぼそと暮らして行かなければならなくなる。

そのようなわけで、谷崎がゆたかな暮しをつづけていられたのは、せいぜい九歳のころまでで、それ以後は路地うらの貧乏生活にはいることになる。

それまでは、大勢の奉公人や女中にかしずかれて育った谷崎の母が、いきなりそんな暮しになれるはずはない。そこで、とても女中などをやとう身分ではなくなったのに、女中をやとうことにする。けれども、待遇がわるかったせいか、女中はすこしもいつかず、何回やとっても逃げてしまった。しかたがないので、谷崎の父と母と谷崎自身とで、交代で炊事のしたくをするのだった。

谷崎の父が三度目に手がけて、結局は失敗した米の仲買店というのは、株屋とおなじように、ある意味では非常にばくちに似た商売である。だから、どんなに落ちぶれていても、たまには小金がはいることもある。

そんなとき、谷崎の父はにこにこして、子どもたちに御馳走《ごちそう》を食べさせてくれる。だからといって、その僅かな金がいつまでもあるわけでもなく、またたちまちのうちに、元の貧乏にもどることがわかっていても、倉五郎は、景気よく使ってしまうのである。そんな父親を見て、谷崎は悲しいと思いながらも腹いっぱい食べ、そのためになお一層悲しくなるのだった。

谷崎が十三歳の年、親子四人で日光へ出かけたことがある。子どもは谷崎と弟の精二だった。そのときは、たまたま、旅行できるほどの金を、倉五郎はもうけたのである。けれども、日ごろはお金に困って、本家や子へも迷惑をかけどうしなので、その旅行はだれにも知られてはいけなかった。

「ひょっとすると米店の旦那《だんな》が来るかも知れねえが、来たら子供《ども》たちと上野へ遊びにいらっしゃいましたと云《い》っときな」

るす番のものにそういって、倉五郎は一家をつれて日光へ出かけたのである。

そんなにまでしても、自分たちに楽しみを与えてくれる父の親切が、谷崎にはうれしくもあったが、同時に悲しくもあったのである。

倉五郎は、妻の関を、大変愛していた。暮しが楽だったころには、まだ小さい潤一郎をばあやにまかせっきりにして、何度も二人でつれだって、大磯《おおいそ》へ遊びに出かけたりした。

妻の関の方も、ふがいない夫をもったために、貧乏な生活をしなければならなくなり、ときには口論もしたが、夫婦のなかは大変よかった。

当時の男性は、たいてい、妻のほかに妾《めかけ》をつくったり、吉原《よしわら》のような所へ行って、女を買ったりするのが常識だった。けれども、倉五郎は、一生、妻ひとりを愛しぬいた。関が先に死んだあとも、再婚はしなかった。

倉五郎は、谷崎が三十四歳の年、六十一歳で死んだ。関が死んで二年目である。

現在の阪本小学校

阪本小学校

また話を、谷崎自身にもどそう。谷崎は明治二十五年に、京橋にあった、阪本小学校へ入学した。正式の名称は、東京市立阪本尋常《じんじょう》高等小学校である。

この小学校への通学のありさまは、はじめの方に書いたとおりである。内弁慶の潤ちゃんは、ばあやにつれられてでなくては登校せず、それもめったに学校へ行こうとはしなかったので、当然、落第《だい》してしまった。

この落第が、かえって谷崎に幸いしたのかも知れない。というのは、つぎの年に谷崎の級の受持になった先生のおかげで、谷崎はすっかり学校がすきになってしまったからである。その上、同級生のなかに、生涯親友づきあいをする友だちが出来たことも、この落第のおかげだった。人生には、ほんのちょっとしたところに、幸運や悲運がひそんでいるものらしい。

その先生は、野川誾栄《ぎんえい》といった。むずかしい名前である。それはともかく、野川先生は正式の教員免状はもっていなかったが、生徒のあつかいになれた、経験ゆたかな先生だった。それに、日本画が専門であったので、図画は熱心に教えた。また、芝居《しばい》が大すきで、芝居の話になると夢中になった。

谷崎は錦絵が大すきだった。子どもは子どもなりに、当時の錦絵をずい分集めたりした。また、芝居もすきだった。これは、お嬢さん育ちで芝居ずきだった母親の感化である。

谷崎は非常に記憶力のよい人で、七十歳になったときに書いた幼少年時代の思い出である、「幼少時代」には、四歳のときに見た芝居の場面まで、ありありと書かれている。

芝居を見に行くときには、谷崎は母と一緒に人力車にゆられて行く。そのときのわくわくする気持を、七十歳の谷崎は、こんなふうに書きしるしている。

「私たちは常に菊岡と云《い》ふ茶屋に俥《くるま》をつけた。そして座敷に一と休みする間もなく、茶屋の女に急《せ》き立てられていそいそとしながら福草履《ふくぞうり》を突っかけ、渡りの板を踏《ふ》んで小屋に這入《はい》った。私は又、草履を脱いで歌舞伎座の廊下《ろうか》へ上ると、すべすべした板の間が妙に足袋《たび》の底に冷めたい感触を与へたことを思ひ出す。」

そして、それにつづけて、こう書いてある。

「いったいに昔の小屋は木戸をくゞった時の空気が肌《はだ》寒く、晴れ着の裾《すそ》や袂《たもと》から、風がすうッと薄荷《はくか》のやうに襟《えり》元や腋《わき》の下へ沁《し》みた。でもその肌寒さは恰《あたか》も梅見頃《ごろ》の陽気の爽《さわや》かさに似て、ぞくぞくしながらもこちよく、『もう幕が開《あ》いてゐるんだよ』と母に促《うな》がされながら、慌《あわ》てゝ廊下を走って行ったものであった。」

芝居を見る前の期待と興奮とを、このように、足袋《たび》のうらに感じる冷たさや、芝居小屋のなかの空気の肌寒さなどを通してあらわしているところは、いかにも谷崎らしい描写である。

さて、そのように、母親じこみの芝居ずきの谷崎が、野川先生の話に夢中になったのは当然である。いつの間にか学校にもなれ、ばあやのつきそいなしでも登校できるようになった。

どんな人でもそうだが、先生にめぐまれると、生徒は自然に勉強をしたくなるものである。もちろん、谷崎は生まれつき頭がわるくて落第したわけではないから、学校がすきになると、たちまち成績もあがり、級の首席となり、一学年の修業式には生徒総代となった。落第坊主が一挙に総代になったわけである。

その後、親友の笹沼《ささぬま》と首席をあらそいつつ、三番の卒業成績で、無事、小学校の尋常《じんじょう》科を卒業した。

そのころの小学校は、尋常科が四年あり、その上に、高等科がまた四年あった。その最初の四年を受けもったのが野川先生で、あとの四年を受けもったのが稲葉清吉先生だった。

野川先生も、谷崎の恩人ではあるが、稲葉先生は、それ以上に谷崎に大きな影響を与えた。谷崎が将来作家になるためのスタートを切らせたのは、あるいは野川先生であったかも知れない。しかし、文学の道へ谷崎を深くのめりこませてし

幼少時の潤一郎と弟精二

まったのは、やはり稲葉先生の教育の力であった。

稲葉先生

そのころの小学校の先生は、大体はセビロを着ていたが、だらしのないかっこうをした人が多かった。ズボンははいていたが、バンドのかわりにへこ帯をしめ、ズボンの上からワイシャツがはみ出したりしていた。セビロは着ていても、靴《くつ》をはかず、ぞうりをつっかけていた。生徒たちは、みんな和服だった。耳だれや青ッぱなをたらしている子もたくさんいた。

稲葉先生もそんな時代の先生であったから、セビロにぞうりばきというスタイルだったが、のちには和服ばかり着るようになった。

先生は、田町《たまち》に住んでいたので、毎朝、田町から阪本小学校まで歩いて登校した。直線距離にしても五、六キロはある道のりである。今日ではとても考えられないことであろう。

先生は、その和服のふところの中に、いつも何かしら書物を入れて教室にあらわれた。これも、今日の学校制度のもとでは考えられないことであるが、先生の授業は教科書などをほとんど無視して行なわれたのである。

先生のふところから取り出される書物は、漢文である場合もあり、仏教書である場合もあった。王陽明《おうようめい》の文章、弘法大師の「三教指帰《さんごうしいき》」、道元の「正法眼蔵《しょうぼうげんぞう》」などの話が出た。これらの書物は、現在では、大学生でも読みこなせるかどうかわからないほど難解なものである。それを小学校の高等科（現在の小学校高学年と中学校をあわせたほどの期間）の授業に用いたのであるから、稲葉先生の授業の程度の高さがおよそわかるだろう。

また、折にふれ時にふれて、先生は、定家や西行や道真の歌も教えてくれた。カーライルの詩の訳したものもきかせてくれた。今日でこそ有名になったが、そのころは、ほとんどの人が無視していた、上田秋成《あきなり》の「雨月《うげつ》物語」の一節を谷崎が知ったのも、この先生のおかげだった。

体操の時間が雨でお休みになると、先生は生徒をあつめて、さまざまな本を読んでくれた。なかには、滝《たき》沢《ざわ》馬琴《ばきん》の「椿説弓張月《ちんせつゆみはりづき》」のような古典もあったが、多くは明治時代になって書かれた小説であった。野川先生は村井弦斎《げんさい》の「近江《おうみ》聖人」を読んでくれたが、稲葉先生は、矢野龍渓《りゅうけい》の「経国《けいこく》美談」を話してくれた。

「稲葉訓導はまた美文の暗誦《あんしよう》を奨《しよう》励し、太平記や平家物語をテキストに使ってゐた。暗誦のいちばん得意だったのが谷崎さんで、谷崎さんはどうかすると三十分もの長い暗誦をすることがあった。これらの古典の暗誦が今日の谷崎さんの文章に影響することがなかったと何人《なんぴと》が云《い》へよう。今日の谷崎さんが正しい意味で、文壇第一の名文家で、而《し》かもその文章が一種の調子をもってゐるのも、多分その暗誦のお蔭《かげ》かも知れない。」

浜本浩《ひろし》の「大谷崎の生立記《おいたち》」には、このように書かれているが、おそらくそのとおりであろう。当時の教育は、今日の教育と比べて、はるかに程度が高かったとはいうものの、稲葉先生の教育は、当時でも天才教育に近かった。だから、一般の生徒には、おそらく難解すぎてついて行けなかったことだろう。

さいわい谷崎には生まれついての文才があったので、稲葉先生の高級な教育が、まるで砂地にしみこむ水のように、谷崎の頭脳に、しみこんでいったのである。谷崎自身も、稲葉先生のことを、「多分私の全生涯を通じ、凡《およ》そ師と名づくべき人々のうちで此《こ》の人以上に私に強い影響を与えた先生はない」とまでいっているのである。

偕《かい》楽園の源《げん》ちゃん

谷崎は、一年落第したために、野川、稲葉という二人のよい先生にめぐまれたが、友だちの点でも、落第したために、終生つきあえる親友をつくることができた。

谷崎の家からほど近いところに、偕楽園という中華料理店があった。現在では中華料理店といえば、すこしもめずらしいものではないが、当時は大変にめずらしく、この偕楽園が東京中でただ一軒の中華料理店だった。その偕楽園の一人むすこに、笹沼源之助《ささぬまげんのすけ》という人がいて、「源ちゃん」とよばれていた。この「源ちゃん」が谷崎と同級生になり、その後一生を通じての親友になるわけである。

「源ちゃん」は、ブタのように肥えていたので、「ぶうさん」というあだ名でもよばれていた。

野川先生や稲葉先生は、谷崎に文学の道への眼をひらかせた大恩人であったが、この笹沼の「源ちゃん」は、そういう意味の影響を与えたのではなかった。「源ちゃん」は、谷崎に、おとなの世界への眼をひらかせてくれたのである。

子どもにとってはいつでも、おとなの世界は神秘な世界である。ことに早熟な子どもは、ほかの子どもよ

小学校時代の潤一郎（前列左から２人目稲葉先生、後列左から２人目潤一郎、右端笹沼源之助）

りも早くおとなの世界をのぞきたがる。実際に自分がおとなになってしまうと、神秘でもなんでもない平凡なことがらまでが、そうした子どもたちには不可思議な世界である。

ばあやの付きそいなしでは登校できないほど、おく手なところがあった一方、谷崎はひどく早熟な子どもでもあった。ひといちばい、おとなの世界にあこがれていた。

「源ちゃん」が、そうした谷崎の驚異の的となったのは、ひとつには、「源ちゃん」の生活環境にあった。偕楽園は料理屋であったから、女中やコックがおおぜいいた。そうした使用人たちの間で大きくなる間に、「源ちゃん」は、しぜんにおとなたちの世界のなかま入りをしていたわけである。

早熟な子どもが知りたがるおとなの世界の神秘のなかで、もっとも重大なものはセックスの世界である。赤ん坊がどこから生まれるかという知識を、谷崎は、小学校の二年生のころ、この笹沼の「源ちゃん」から教えられたのである。

性の知識にかぎらず、「源ちゃん」は、おとなの世界のことを、なんでも知っていた。いつも谷崎が偕楽園へあそびに行き、めいわくばかりかけているのを心ぐるしく思い、谷崎の母が、はじめて「源ちゃん」を家によんだことがある。そのとき、小学生の「源ちゃん」は、谷崎の母と対等の立場で世間話をして、谷崎の母を驚かせたことがある。谷崎がびっくりしたのはいうまでもない。

そういう「源ちゃん」と谷崎が親友になったのだから、さぞなまいきな小学生だったことだろう。そのなまいきさを示す、ひとつのエピソードがある。

小学校四年生のころ、ふたりはよく野川先生の家へあそびに行った。そのかえりみち、いつでもそば屋へ寄った。小学生が単独でそば屋へはいることは、今日でいえば、小学生がバーへはいるほど大変なことだったらしい。そればかりではなく、注文をするのに谷崎は、「あられをくんな」といったそうである。あられというのは、貝柱のはいったそばのことで、おとなでも知らない人が多い、めずらしいそばの種類である。そんなそばを小学生が注文したのだから、そば屋はさぞ驚いたことだろう。そのうちに、もっとずうずうしくなって、ふたりは天ぷら屋の二階へあがり、天丼《てんどん》を食べたりしたそうである。（「大谷崎の生立記」）

笹沼の「源ちゃん」が谷崎にとって恩人だというのは、ただそれだけのことではない。その後、谷崎の家が没落して、谷崎が中学を退学しなければならなくなったとき、谷崎を自分の子のようにかわいがっていた「源ちゃん」の両親は、ひどく同情をした。そして、谷崎を笹沼家へひきとって、勉強をつづけさせてやろうではないかと、むすこの「源ちゃん」に相談した。ところが、「源ちゃん」は、そうさせなかったのである。自分の家には使用人がたくさんいる。書生もいる。そういうなかへ谷崎をひきとったら、谷崎もほかの使用人や書生たちのなかまと同じようになり、友人としての対等なつきあいができなくなる。そうすると、せっかくの親友を失ってしまうことになる。「源ちゃん」はそう考えて、両親の意見に賛成しなかったのである。このことを、谷崎は後年に、非常に感謝して書いている。

そればかりではない。谷崎は、その後もずっと笹沼家にめいわくをかけるのである。大学時代に授業料の使いこみをしたり、とても谷崎には払えようもない借金をこしらえたりしたときも、「源ちゃん」はそのあと始末をしてくれた。谷崎が文壇への第一歩をかざる作品をのせた雑誌、『新思潮』の経済的援助をしてくれたのも「源ちゃん」だった。谷崎が文壇へ登場したてのころ、文壇や画壇の有名人のほとんどを集めた宴会がひらかれた。その晴れの舞台へ着て行くための衣裳のない谷崎へ、上等の紋附き羽織《はおり》袴《はかま》を貸してくれたのも、その「源ちゃん」であった。

このように、「源ちゃん」の笹沼源之助は、谷崎にとって、文学上の恩人ではなかったが、谷崎が文学者として大成するまでの間、あたたかい心のこもった経済的な援助者であったわけである。

この笹沼源之助という親友ばかりではなく、谷崎には、文学者ではない友人が多い。のちに、伊藤の姓をなのる、脇田甲子之助《わきたかねのすけ》とか、津島寿一などである。作家となってから死ぬまで、いわゆる文壇とは、ひとり離れたところで活躍していた谷崎の文学の特色は、案外このような交友関係のなかにもうかがわれるのかも知れない。

谷崎は、小学校へ通うかたわら、漢学の塾《じゅく》と英会話の塾にも通っていた。こちらの方は、谷崎の将来にとって、それほど大きな影響を与えたわけではない。ただ、当時の社会には、そのような教育機関があったということを知っておくのも無意味ではないし、稲葉先生の教育方法とともに、今日の社会では考えられないような教育なので、簡単にふれてみよう。

漢学と英会話

漢学塾の方は、秋香塾といって、老人夫婦と娘の三人家族の家であった。そのころは、としよりの漢学者が、方々でこうした塾をひらいていたのである。

簡単な机を間にはさんで、先生と生徒がむきあってすわる。生徒の前には、木版で大きな字にすられた教科書がひらいてある。先生は手に竹の棒をもっていて、その棒の先で、一々教科書の上の字をさしながら、漢文の一節を読む。つぎに生徒がその通りに声を出して読む。生徒は正しく読めさえすればよいので、先生はその先を読む。生徒がそのあとについてまた読む。このくりかえしがつづくだけである。先生は、文章の解釈はしないのである。

かつての漢文の素読《そどく》というものは、大体このような方法で行われたものであり、生徒は、ともかくも大声をはりあげて、何度も何度も漢文を読んだのである。音読がほとんど行われなくなってしまった今日では、こうした漢文の素読は、なんだか非常にバカバカしいようであるが、決してむだな教育方法ではなかったのである。

谷崎の場合には、稲葉先生という、はるかにすぐれた先生にめぐりあったために、こうした町の私塾の先生は、大変影がうすいように思われるが、一般的にいえば、こうした一見バカバカしい素読には、大きな効果があったのである。

谷崎はこの塾で、いわゆる四書五経の四書の部分と、「十八史略」「文章軌範《きはん》」などを習った。

もうひとつの塾は、正式の名前を欧文正鴻《こう》学館といったが、サンマーというイギリス人が経営していたので、通称サンマーといった。

秋香塾の方は、まがりなりにも、あたりまえの漢学塾であったらしいが、こちらの方は、あまりまともな塾ではなかったらしい。アリス、リリー、アグネス、スーザーなどという、すべて女性の外国人が英会話の先生をしていた。表面上はきょうだいということになっていたが、実際はどうかわからない。それに、月謝だけは高くて、授業内容はいいかげんであった。

当時は、外国人でありさえすれば、日本人より高級な人種で文明人であるという意識が強かったから、このようなインチキな塾でも、けっこうなりたっていたのである。これも今日では考えられないことである。

サンマーの塾は、初等科と、そうでない特別のクラスとにわかれていた。初等科は階下で会話を習うのだが、もうひとつのクラスは二階で授業が行なわれた。そして、初等科の生徒は二階へあがることを許されなかった。

外国人の女性ばかりで経営している塾、しかも、あがることを禁じられている二階の部屋、そうした異様な雰囲気《ふんいき》は、谷崎の好奇心を刺激したことだろう。一度とちゅうまで階段をのぼって行き、追いかえされたこともある。けれども、それはそれだけの話で、結局このサンマー塾は、谷崎に、なんの教育的効果も与えなかったようである。

回覧雑誌

父の家系をたどってみても、母の家系をたどってみても、谷崎の家系には文学者はいない。みな商人である。そのなかで、長男の潤一郎と、次男の精二だけが、文学の世界へすすんだ。考えると不思議である。学者一家というものは時たま存在するが、親子きょうだいがすべて作家であるという例はめずらしい。作家は、一種の狂い咲きの花のようなものなのだろうか。

谷崎が文学に関心を持つようになったのは、すくなくとも谷崎が十歳の年までさかのぼらなければならない。

谷崎が十歳の年、明治二十八年に、『少年世界』という雑誌が創刊された。その雑誌に、谷崎と同じ小学校を出た、岡野与七が、京の藁兵衛《わらべえ》というペンネームで小説を書いていた。同時にかれは、文禄堂《ろく》という出版屋も経営していた。卒業生の作家という縁で、かれは母校の記念日に小学校へ話しに来たりした。谷崎は小説家というものにあこがれていたので、学校へ京の藁兵衛が来るという日は、朝からわくわくして待っていた。そして、かれの顔が見たさに、文禄堂の店先を、行ったり来たりしたほどだった。

谷崎は十二歳、小学校の四年生のころになると、自分でも小説のようなものを書きたくなって来た。ちょうどそのころ、野村孝太郎という年上の文学青年がいた。商工中学の三年を中退して、仕事をせずにぶらぶらしていたが、文章も書け、絵もかけるので雑誌を作ろうと考えたらしい。そこで、近くの文学ずきな小学生にはたらきかけて、『学生倶楽部《くらぶ》』という回覧雑誌を発行しはじめた。文章は自分自分で半紙に筆で書き、表紙やさし絵は野村がかいた。七、八十枚で一冊にとじ、毎月一回発行された。

その雑誌の同人に加わわっていた、橋本、鷲《わし》尾の二人が谷崎と同級生だったので、谷崎もこの同人に参加するようになった。笹沼の「源ちゃん」も脇田も参加した。

谷崎は、明治三十一年の四月号に、はじめて、歴史と雑録と図画をのせた。この雑誌は小説ばかりではなく、さまざまな分野にわたる文章がのせられていたのである。

野村は、そのころはまだリーダーであったから、小学生の文章や絵に、いちいち批評を加えたらしい。その谷崎の絵にはこのような批評がある。

「流石《サスガ》ハ谷崎花月君、之《コ》レデハ暁斎《ギヨウサイ》氏ノ後ヲ継ギテモハヅカシクナイ、却《カエ》ツテ暁斎ニモ勝《マサ》ラン」

花月というのは谷崎のペンネームで、そのころの谷崎少年は、花月散士とか笑谷居士《しようこくこじ》とか、気どったペンネームを使って得意だったのである。暁斎というのは河鍋《かわなべ》暁斎という、幕末から明治へかけての画家で、非常に特異な諷刺画をかいた人である。野村は、浮世絵の勉強もしていたので、谷崎の絵を浮世絵に比べたりしたのであろう。

谷崎の絵は、野村によって、このようにひどくほめられたが、かんじんの文章の方はあまりよい批評を受けなかった。

「年孝曰《トシタカイワ》ク、此篇未《コノヘンイマ》ダ完成セザル故《ユエ》評ハ附《フ》セズ、但《タダ》シ字体ヲ謹《ツツシ》メ、谷崎氏」

年孝というのは、野村が浮世絵の先生である水野年方に弟子《でし》いりしていたので名のっていた号である。野村の評によると、谷崎の文章は、あまり大したものではないらしく、それに、文字をもっとつつしんで書けと怒られている。未来の文豪もこれではさっぱり形なしである。

もうひとつの谷崎の文章は、「学生の夢」という題名で、谷崎たち四人の小学生が、日清《しん》戦争の見物に出かける話だった。

いくら将来の文豪の谷崎でも、小学校の四年生やそこらで、六、七歳も年上の文学青年にかなうはずはない。小学生たちにとりかこまれて、得意な表情で絵や文章をかいている野村を見ながら、谷崎たちは、はやくあのようになりたいものだと、一心にかれの筆先を見つめていたのである。

そのうちに、この雑誌に有力な指導者が加わるようになった。それは前にものべた、稲葉先生である。先生は、谷崎たちの作品の批評をするばかりではなく、自分でも文章を寄稿しはじめた。幼い谷崎たちにとっては、野村青年も羨《せん》望の的であったものの、もともととりたてて、これという才能もなかったかれよりも、稲葉先生の方がはるかにすぐれたリーダーであることは確かである。だから、稲葉先生が関係をするようになってから、野村青年の影はだんだんうすくなり、生活上の理由もあって、かれはこの雑誌とは縁のない人物となった。

野村青年はその後、小説家としてはもちろんのこと、画家としても大成せず、何年もたたないうちに肺結核で死んでしまった。野村青年自体は、そのように気のどくな人物であったが、「私たちが啓蒙時代に野村から受けた恩恵は決して軽くないものがある」と谷崎は後年書いている。

「時は五月の半ば頃《なかごろ》、雨のふるのもかまはずに、芝《しば》の愛宕山《あたごやま》の上より十二、三歳の少年『は入れ屋』の道具を持ち『下駄《げた》のは入れ』と云《い》ひつゝ、上より下り来れり」

雑誌『学生倶楽部』の第三号の懸賞小説に、二等で当選した谷崎の小説の書きだしは、右のようなものであった。

青春彷《ほう》徨《こう》

府立一中

東京都は、当時、東京府といっていた。その東京府立一中は、現在の都立日比谷《ひびや》高校の前身である。日比谷高校は、毎年多くの有名大学への合格者を出すので知られている、優秀校であるが、これまでに何人もの文学者を生みだしたことでも名高い。尾崎紅葉、夏目漱石をはじめとして、劇作家・演出家として一時代を作った小山内薫《おさないかおる》や、特異な作家である武林無想庵《むそうあん》なども、その卒業生であった。

谷崎が阪本小学校の高等科へ進むころ、谷崎の家の経済状態は、ますます悪化しつつあった。父親の倉五郎が米相場で失敗ばかりするので、むすこの教育どころのさわぎではなくなっていた。谷崎自身は上級学校へ進学したかったが、親は経済的な理由から許さなかった。

しかし、稲葉先生のすすめもあり、偕楽園の援助もあり、倉五郎の実兄である久右衛門、つまり、∧十の助けもあって、谷崎は、この府立一中へ進学することができた。

二級上には、学者ともなり歌人ともなった、土岐善麿《ときぜんまろ》がおり、一級上には、フランス文学研究者としては第一人者となった辰野隆《たつのゆたか》がいた。同級生には、「かにかくに祇園《ぎおん》は恋し寝るときも枕の下を水のながるる」という歌でだれもが知っている歌人、吉井勇がいた。また、大貫晶川《おおぬきしょうせん》がいた。晶川は、「鶴《つる》は病《や》みき」「生々流《る》転」などのすぐれた作品を書いた女流作家、岡本かの子の実兄である。

このように、将来はみな、著名な歌人や学者や小説家になるべき優秀な人物たちのなかへ、谷崎は青春の第一歩をふみだしていったのである。

「僕《ぼく》は小学から大学を卒《お》へるまで幾多の秀才にも会ったが、凡《およ》そ中学時代の谷崎ほど華《はな》やかな秀才には未《いま》だ嘗《かつ》てお目にかかった事がない。ヴィクトル・ユウゴオは少年期にアンファン・プロディイジュと呼ばれたのだが、我《わ》が潤一郎にも何処《どこ》かそんな所があった。」

府立一中時代の谷崎を回想して、辰野隆はこう書いている。アンファン・プロディイジュ（enfant prodige）とは、フランス語で、「神童」といった意味のことばである。そういえば、谷崎自身の作品にも、「神童」という題名のものがあり、主人公は、谷崎に似たところのある人物である。谷崎は、自分でも神童であると自負していたらしい。

「四年生になつた頃《ころ》には、終始怠《なま》け者で一貫して来た僕等《ぼくら》にも、谷崎が異常な才能を恵まれた男であるといふ事がそろそろ判《わか》つて来た。文学の事なら、何《なん》でも谷崎に訊《き》けば教へて貰《もら》へると思ふやうになつたのである。作文の時間などは、題が出てから、こつそり谷崎に耳うちして貰つて、彼の考をでたらめに引伸《の》ばして書くと、いつも丙であつた作文が時に乙になる事もあつた。」

これも辰野隆の回想である。

府立一中へはいってから、谷崎は『学友会雑誌』に、つぎつぎと文章を発表した。それらの文章は、いずれも小説ではないけれども、谷崎の早熟な天才ぶりを充分に知ることのできる、すぐれた文章ばかりである。

「牧笛《てき》声中春日斜ナリ
青山一半入ル二紅霞《か》ニ一
行人借《しゃ》問ス帰スルト二何処《いづれのところ》ニカ一
笑ヒテ指ス梅花渓《けい》上ノ家」

これは、谷崎が一年に入学後、間もなく『学友会雑誌』の三十五号に発表した、「牧童」という題名の漢詩である。「牧童が笛《ふえ》を吹いている。のどかな春の日もくれて、日ざしも斜めになった。新緑で青々とした山は、その半分ほどがまっかに染まっている。たまたま通りかかった旅人が、『おまえはどこに帰るのか』と牧童に問いかけてみると、牧童はだまって笑いながら、谷川の上流にある、梅の花が咲いた家を指さした」――おおよそ、これほどの意味の詩である。

当時の中学生は、みな漢学の素養があったけれども、このみごとな漢詩を、わずか十六歳の谷崎が作ったということに、驚かないものはないだろう。

おなじ雑誌の三十六号には、「護良親王《もりながしんのう》」「観月」「歳末の感」などの文章を発表し、三十七号には、「厭《えん》世主義を評す」という文章を発表した。最後の文章は、つぎのような書き出しではじまるものである。

「爛熳《らんまん》たる桜花、美ならんと欲して多く狂風の散らす所となり、皎々《こうこう》たる秋月、明《めい》ならんと欲して時に痴雲の妬を免れず、柳腰花顔*の佳人は去って墓下に一亢**《こう》の白骨を留め、一世の賢士は空しく世に知られずして蓬蒿***《ほうこう》の下に老ゆ、此《ここ》に於《お》いてか、潮州の風雲、徒《いたずら》に志士の跡を弔《とぶら》ひ、太宰《だざい》府の明月、空しく忠臣の腸《はらわた》を断つ。」

このような文体は、一種の美文であって、明治時代にはめずらしいものではなかった。文章自体には、谷崎らしい創意のみられるものではない。けれども、十六歳の中学一年生が、こんな文章をすらすらと書いたということは、当時でも大変驚くべき事実だったのである。

このようにして谷崎は、中学生になるやいなや、つぎつぎと文章を発表して、おとなの舌をまかせるような才能を発揮しだしていた。しかし、そんな谷崎も、体操の時間には苦労したようである。鉄棒にぶらさがればぶらさがったきりであるし、木馬を飛ばさせられるといきおいよく駈けてきて、そのまま鼻をぶつけて転倒し、鼻血を出してしまうという醜態ぶりであった。天はなかなか二物を与えてくれないらしい。

谷崎は成績がすぐれていたので、一年から二年をとばし、いきなり三年へ進級したというのも話題のひと

* ほっそりした腰で美貌の
** ひとかけらの
*** 雑草

つである。これも今日の学校制度では考えられないことであるが、当時は成績のすぐれた生徒には、ときどき許されたのである。

はつ恋

谷崎は、いまのべたように、神童といわれるほど優秀な生徒であったけれど、一方、家計の方は、谷崎が府立一中時代にますます窮迫し、そのままでいれば、谷崎は中途退学をしなければならない状態になって来た。漢文の渡辺先生は、谷崎の才能を惜しんで、築地《つきじ》の精養軒という料理屋の家庭教師の口を世話してくれた。家庭教師といっても、その家へ通って教えるのではなくて、教えている二人のむすこと一緒に、その家で寝起きするようになったのである。

そこで谷崎は、はじめて恋をしたのである。その精養軒の主人は、北村という人であったが、その遠い親戚にあたる福子という女性が、そこで小間使いをしていた。その福子を、谷崎はすきになってしまったのである。この恋のなりゆきについて、谷崎は、「羹《あつもの》」という作品を書いている。作中では、美代子という名前で登場してくる。

もちろん、小説と実際の事件とは、大分ちがってはいるが、その小説を読むと、いくらか想像をすることはできる。

戦後は、男女間の交際が大変自由になったため、現在の常識から考えると、当時の恋愛は理解しがたいほど、もどかしいものに思われるかも知れない。しかし、それが現実だったのである。未婚の男女が二人きりで外出するだけでも、当時は大変やかましかったのである。第一、若い人たちが気楽に遊べる場所もなかった。おとなが商売女とつきあうための場所はあっても、今日の喫茶店のような手軽るな店は、まだなかった。男女の仲間同志がさそいあってハイキングや登山に行くという風習ができたのも、ずっとのちのことである。

大体、恋愛ということ自体が、なにか、大変不道徳なものと考えられていた時代だった。だから、恋をすると、それは大抵は、人目をさけて、こそこそとあうのが普通だった。恋をするには、非常に勇気が必要であった。

谷崎のはつ恋の相手の福子という人の実家は、箱根の塔の沢にあった。二人の恋は、おそらく、人目をさけて進行したのであろうが、とうとう、主人に気づかれてしまった。谷崎が福子に書いたラブ・レターが発見されてしまったのである。そのために、福子は実家へ帰され、谷崎も家庭教師の口を失うこととなった。

そのころ、谷崎は、もう一高の学生であったが、恋人同志は、あえなくなると、いっそうあいたくなるものである。谷崎の方から箱根へ通ったり、福子の方が東京へ出て来たりして、二人は短いおう瀬に心をときめかせていた。小説では、美代子の実家は小田原にあることになっていて、美代子は、宗一（谷崎らしい人物）と、ただ話をしたいため、それだけの理由で、国府津《こうず》から汽車にのり、東京まで宗一とやってくる。そして、そのまま東京で降りないで、美代子はすぐ小田原へ引きかえして行くのである。

宗一は、美代子に手紙を出すにも、用心ぶかく、封筒には女名前で出す。ところが、それも親に気づかれて、もう手紙を出してくれるなと、美代子がいってくるようになる。

美代子が思い切って、東京へやって来て、宗一と一日行動をともにする場面がある。けれども、前にものべたように、こうしたときに、若い二人が落ちついて話しあえる場所はまだなかった。宗一は、しかたなく美代子を料理屋へさそう。

ついに、谷崎は、友人の下宿へ、福子をかくしてもらったりする。その友人は、戦後、大蔵大臣にもなったことのある津島寿一という人であるが、その人の回想によると、いままでのべた、小説「羹」の中の、宗一と美代子の行動には、大分、実際の谷崎と福子の行動と重なりあう部分があるようである。

さて、そうして、しばらくつづいた恋も、結局は成功しなかった。

しかし、この失恋が動機となり、谷崎は、いままでよりも一層、文学への思いをかためるようになった。

一高から東大へ

府立一中を卒業した谷崎は、俗に一高とよばれた、第一高等学校へ進んだ。前のはつ恋の事件が原因で、北村家を出なければならなくなったのは、一高の二年生のころのことである。その後、ますます、笹沼の「源ちゃん」の家からの援助が多くなる。

谷崎の一高生活のある面については、やはり、さきの小説「羹」に、かなりくわしく描かれている。

「昼間の騒ぎに引換《か》へて死んだやうにひッそりと人気の絶えた校舎の壁に沿ひながら、若樹の桜を植込んである構内の道を、半町足《た》らずも奥へ進むと、忽《たちま》ち其処《そこ》に広い広い向《むこう》が岡の高台が展《ひら》けて、——遙《はるか》に上野谷《や》中《なか》の森を、朦朧《もうろう》とした秋霧の這《は》ふ中に瞰下《みおろ》して、東寮、西寮、朶《だ》寮、北寮、南寮——の五つの棟《むね》が、ゴシックの寺院のやうに、甍《いらか》の角を尖《とが》らして聳《そび》えて居る。この頃《ごろ》の夜長を、全寮の学生が息を凝《こ》らして勉強して居るのであらう。一階、二階、三階のところどころになつかしい燈火の明りが洩《も》れて瞬《またた》いて居る。宗一は何《なん》となく「燈火可親《したしむべし》」と云ふ言葉に、新しい憧《あこが》れの心を寄せた。」

この「羹」のなかの描写を読むと、当時の一高の建物の雰囲気《ふんいき》が、いきいきと伝わってくるようである。谷崎は、五つの寮のうちの、朶寮の寄宿生となったのである。

旧制の高校生の生活は、現在の高校生の生活とは、まるで違ったものであった。ことに、谷崎の時代の高校生たちは、野蛮なばかりではなく、多分にデカダンスの傾向が強かった。これも、実際の記録ではないが、「羹」とおなじように、谷崎が一高生時代の生活を描いた作品がある。その「あくび」という作品には、当時の一高生のつきあい方についてこのように書いてある。

「親友の交際が極度に達して、あらゆる悪結果、我《わ》が儘《まま》、無礼ばかりが残つた場合に、始めてわれ〳〵の連中の如《ごと》き間柄を生ずる。もう斯《こ》うなると、相手の人格がどうであつたか、面付《かおつき》がどうであつたか、そんな事は一切判然《いっさいはっきり》しない。相愛の男女の関係から、蜜《みつ》のやうな甘味を取り除いて、此《こ》れに代ふるに豚の如《ごと》き無精《ぶしょう》と狼《おおかみ》の如《ごと》き獰猛性《どうもうせい》を加味したものが、即《すなわ》ち吾《わ》が党の関係である。年百年中、山賊の山寨《さんさい》のやうに、煙草《たばこ》の煙の朦々《もうもう》たる室内へ、五六人の大男が胡坐《あぐら》を掻《か》いて、酒を飲み、肉を啖《くら》ひ、女を買ふ相談をする。」

このようなかつての旧制高校生の生活については、今日になると、さまざまな批判も出ているし、いまさら逆行するのもどうかと思われるが、かれらはかれらなりに、こうしたむちゃくちゃな生活の中で友情をはぐくみ、青春のエネルギーを発散し、将来大きく飛躍すべき力をたくわえていたのである。このような時期のなくなった今日の学校制度の中に、旧制高校的な生活の味を求めるのは、単に古い時代への郷愁ともいいきれないような気もする。

府立一中時代の潤一郎（後列左端が潤一郎、後列右から３人目が大貫晶川）

さて、谷崎は、最初は英法科へ入学したのである。一高・東大の法科系を学び、卒業してからは官吏か政治家になるのが、当時における、もっとも着実な出世コースであった。谷崎は、とくに官吏になろうと考えたわけではないだろうが、学生時代から、すでに学費にも困る家庭にあっては、就職に有利なコースをとらざるを得なかったのである。

それに、今日でも、小説家として世の中にみとめられるのは容易なことではないが、それでも、かつての小説家の生活に比べると、比較にならないほど、今日の小説家の社会的地位は向上している。けれども、谷崎の若いころは、決してそうではなかった。よほどの才能にめぐまれ、よほどのチャンスがないかぎり、小説家として一人前の生活を送ることは不可能であった。谷崎自身も、「いよ〳〵創作家にならうと云《い》ふ悲壮な覚悟」をきめたけれども、将来の生活のことを考えると、「前途が真つ暗であるやうな気がした」と書いているくらいである。谷崎ほど豊かな文才のある、しかも鼻っぱしらの強い人でもこのように考えたのであるから、当時、小説家になろうと考えることが、どれほど危険な望みであったかが、わかるだろう。

けれども、どんなに不安がともなう将来が待っていようとも、才能は谷崎をじっとさせてはおかなかった。一高にはいっても、谷崎は文芸部で活躍し、のちに優れた哲学者となった和辻《わつじ》哲郎や、さきにものべた、大貫晶川などと一緒に、校友会雑誌に作品を発表していた。

そして、例のはつ恋の事件をきっかけにして、ますます作家になる意志を固め、とうとう、英文科に転科してしまった。

明治四十一年に、一高を卒業した。そして、東京帝国大学（いまの東大）の国文科に入学した。

「一高から大学へ移る時に、全く背水の陣を敷くつもりで文科へ転じた。それも最も人気の悪い、兎角《とかく》時勢おくれのやうに思はれがちな国文科へであった。それは、いよ〳〵創作家にならうと云《い》ふ悲壮な覚悟をきめたので、国文科だったら、学校の方を怠けるのに一番都合がいゝと考へたからであった。」

そのころのことだろうか。ある日、谷崎の家へ税務署員がやって来た。きたない裏長屋に住んでいる谷崎の母にむかって、署員はたずねた。

「長男の潤一郎という人はどこへお勤めで？」

「潤一は帝国大学の学生でございます」

「次男の精二という人のお勤めは？」

「精二は早稲田《わせだ》大学の学生でございます」

こんな谷崎の母の答えをきいて、署員は、あきれると同時に、感心して帰って行ったそうである。

もうひとつ引用しておこう。このすこしあとで、谷崎や和辻哲郎たちと一緒に、第二次『新思潮』の同人となった、後藤末雄の回想である。

「僕等《ぼくら》の時代、あの法科万能時代に文科へ入学すると聞けば父兄は眉《まゆ》をしかめてゐた。まして文士になりたいと言ひだせば、父も母も身ぶるひをして怖《お》ぢけ立つたのである。僕等は世俗的な立身出世には、興味がなかつた。父兄の意志に背いても文学をやりたかつた。文学をやらずにゐられなかった。言はば僕等は生活線上の決死隊だつたのである。」

谷崎が文壇へ進出するについては、もうひとつ困難な事情が横たわっていた。

ヨーロッパで生まれた文学理念を借りて、それを日本的な形で成熟させたのが自然主義である。自然主義は、田山花袋《かたい》の「蒲団《ふとん》」の中から生まれたと、よくいわれるが、花袋がその作品を書いたのは、明治四十年のことであった。その後、正宗《まさむね》白鳥、島崎藤《ざきとう》村、国木田独歩、岩野泡《ほう》鳴などの作家が、続々と自然主義的な作品を書き、たちまちのうちに、文壇全体の傾向が、自然主義一色になってしまった。谷崎自身も回想しているが、当時の風潮は、「自然主義者にあらざれば作家にあらず」といってもよいほど、ほとんどの作家が自然主義的な作品を書いていたのである。明治四十一年から四十三年へかけては、まさにそんな時代だった。

どんな時代にもいえることだが、その時代に圧倒的な勢力で流行している傾向を無視することは、なかなかむずかしいことである。まして、まだ無名の一作家が、文壇の流行とはまるで異ったタイプの作品をひっさげて、世に出て行こうとするのは、一層困難なことであった。

谷崎は、それまでの自然主義の作品には、どうしても満足することができなかった。自然主義の作品は、現実をことこまかに、着実に描いて行く点では、たしかに真実にせまるところがあった。けれども、一般的にいって、それらの作品は、どれもあまりにも暗く、あまりにも夢にとぼしく、あまりにも現実にぴったりつきすぎていた。谷崎は、文学には、もっと夢や幻想や色彩があるべきであり、もっと豊かな空想力をくりひろげる余地があるはずだと、かたく信じていた。しかし、当時の文壇の傾向とはまったく正反対の谷崎の作品を、そうやすやすと文壇がうけ入れてくれるはずはなかった。

『新思潮』

歌舞伎《かぶき》のような、わが国の伝統的な演劇ではなくて、ヨーロッパの演劇理論を基礎にした演劇を新劇という。今日でも、民芸・俳優座・四季などの劇団が、さかんに活動をつづけている。この新劇運動の創始者の一人に、小山内《おさない》薫《かおる》がいた。自由劇場を創立し、築地小劇場も作り、初期の新劇の歴史を語るときには、決して欠かすことのできないほど重要な人物である。

東京帝国大学時代の潤一郎（後列左端潤一郎。一人だけ和服を着ている）

その小山内薫と谷崎とが結びつくということは、ちょっと考えられないことである。小山内は小説も書くには書いたが、どちらかといえば、一生のほとんどを演劇の仕事にうちこんだ人である。一方、谷崎は、戯曲もいくつか書いたが、本来は小説家志望であった。それに、谷崎は、文壇の有名な作家に、自分から近づいて、そうした先輩の引きたてで作家になる道を切りひらこうとはしなかった。その点、谷崎は、実に傲《ごう》慢なところがあった。

ところが、その谷崎が、生涯のうちで、たった一人だけ、自分から「先生」と呼ぶ人間がいた。その「先生」が、この小山内薫なのであるから、世の中のめぐりあわせというのはおもしろい。

谷崎は、東大の国文科の学生とはなったものの、大学の授業などはそっちのけにして、なんとかして、早く文壇へ進出したいものだとあせっていた。しかし、文壇は、前にものべたように、ほとんど早稲田《わせだ》大学出身の作家による、自然主義の全盛期であった。だからといって、流行に妥協して、早稲田出の作家に頭をさげたり、自分も自然主義的な作品を書くのは、谷崎にはとても出来ないことであった。

小山内薫は、谷崎より五歳年上だったが、二十八歳の年には自由劇場を創立し、社会的に見ても、もう、その世界での第一人者となっていた。当時、文学者のなかで東大出の人間といえば、夏目漱石とその門下生たちが、いくらか勢力を持っていたが、早稲田出の作家・評論家たちの勢いに比べれば、話にならないほどだった。そうしたなかで、小山内薫は、東大系の文学者として、世間に通用する、もっとも力のある人物だったのである。

谷崎は、後藤末雄につれられて、小山内薫の下宿をたずねることになる。小山内は、いつも自分より若いものが好きで、若いものと友だちづきあいをするのが好きな人であったから、かれらの間には、すぐに親しい雰囲気が生まれたことだろう。そうこうしているうちに、谷崎たち東大の文学を志ざす学生たちは、小山内を中心に、同人雑誌を作ることになった。それが、第二次『新思潮』という雑誌である。

『新思潮』は、もともとは、小山内がはじめた、演劇中心の総合雑誌だった。しかし、それは半年ほどで廃刊となった。こんどは小説が中心であるが、小山内を頭《かしら》にして出す雑誌なので、前の雑誌の題名を受けついだのである。この後も、東大の学生によって、断続的に『新思潮』という同人雑誌が発刊されるが、文学史の上で、とくに大きな意味を持っているのは、この第二次『新思潮』と、そのあとの、第三次、第四次の『新思潮』である。第三次、第四次の『新思潮』の同人の中からは、豊島与志雄、芥川龍之介、菊池寛、山本有三、久米正雄などの、有名な作家が出た。

さて、第二次『新思潮』は、このようにして、小山内薫を中心に、谷崎潤一郎、和辻哲郎、大貫晶川、後藤末雄などがあつまって、明治四十三年九月に創刊された。

同人雑誌を発刊するには、どんな時代でも、同人は経済的に苦労するのである。このときにも、それは第一の難問題であったが、同人の一人、木村荘太が、有名な牛肉屋のむすこだったので、その経済力にたよることとなった。笹沼も援助してくれた。

谷崎は、この雑誌発刊の準備や、創作することに熱中しているうちに、大学を諭旨《ゆし》退学となった。授業料を滞納したためにそうなったので、そこで納めさえすれば、退学しないでもすんだのに、谷崎はそのままにしてしまった。大学は中途退学になり、文学への道は、まだどうなるかわからない。失敗すれば、完全に失業しなければならなかった。ここで、谷崎は、本当の意味での、背水の陣を敷いたわけである。

九月創刊号　戯曲「誕生」
十月号　戯曲「象」「The Affair of Two Watches」
十一月号　小説「刺青《しせい》」
十二月号　小説「麒麟《きりん》」

これが、谷崎が明治四十三年中に、『新思潮』に発表した作品のリストである。二編の戯曲のほか、このあとも、初期の谷崎は、かなりたくさんの戯曲を書いているが、これは、劇壇ではなばなしく活躍している小山内の姿をしばしば見て、すぐにでも上演されることを夢に見ながら、谷崎が書いたものと思われる。

谷崎は、この『新思潮』創刊の前に、原稿のまま、『帝国文学』という雑誌へ、「誕生」を送っている。しかし、それは没書になってしまった。そこで、谷崎は、「一日」という、自然主義に妥協した短編小説を書き、『早稲田文学』という、早稲田系の雑誌に発表されることを望んだりしている。けれども、東大と早稲田とがなかが悪かった当時、わざわざ東大出の新人の作品を、『早稲田文学』がのせるはずがない。それも握りつぶされてしまったのは当然である。

多くの同人たちの才能と努力の結晶であった『新思潮』創刊号の、世評はどうであったろうか。はっきりいえば、それは、ほとんど無視されたのである。十月号も十一月号も、同じように無視された。谷崎は失望し、あせっていた。

パンの会

現在は、工場の廃液によってすっかり汚され、まっ黒に濁り、メタンガスの悪臭に悩まされている東京の隅田《すみ》川も、かつては美しい川であった。白魚がのぼって来たこともあった。パリにセーヌ川が流れて、花の都の美しさを形づくるのにひと役かっているように、隅田川も、東京の美しさを引きたてる、重要な主役のひとりであった。

房州通ひか、伊豆《いず》ゆきか、
笛が聞える、あの笛が、

明石町河岸と佃大橋（絵は木村荘八画）

渡《わたし》わたれば佃《つくだ》島
メトロポールの灯《ひ》が見える。

佃島は、隅田川の川口にある小さな島である。ごく最近に、りっぱな鉄筋コンクリートの橋がかけられたが、それまでは、古風な渡船が通っていた。メトロポールというのは、明治のころ、川べりにあった外人専用のホテルの名前である。

たったこれだけの短かい詩であるが、ここには、どこかものうい、センチメンタルな気分がただよっているのを感じないだろうか。それに、江戸時代からの古い歴史をもっている佃島と、西洋のにおいのするメトロポールとの不思議なとりあわせに、異国情調を感じないだろうか。遠くで鳴っている船の汽笛、ちらちらとまたたいている外人ホテルの灯、そして川面《も》を吹く風のひんやりした感じまでが、こちらへ伝わってくるようである。

この詩の作者は、木下杢《もく》太郎という。本業は医者であったが、詩人でもあり、劇作家でもあり、キリシタン文化の研究家でもあり、明治末期から大正へかけてのいわゆる耽《たん》美主義と呼ばれる文学の流れを語るときには、決して忘れることのできない人物である。

この杢太郎を中心にして、北原白秋、石井柏亭《はくてい》など、詩人や画家があつまって、隅田川べりの料理屋で、会合をしようという話がもちあがった。かれらは、若い芸術家ばかりだった。会合をかさねていくうちに、新しい芸術運動をおこそうというのが目的だった。会の名前は、「パンの会」ときまった。「パン」とは、やぎの脚と角《つの》とひげを持つ、ギリシャ神話の神をさしている。牧羊神という字をあてることもある。「パン」は、音楽や舞踊の好きな神である。あらあらしい野性の神でもある。そんなところに、かれらの気分とぴったり一致するところがあったのだろう。

「パンの会」が、その出発当時のままの、ごく小規模な集まりであったなら、それはほとんど意味のないものであったかも知れない。ところが、会をかさねるにつれて、「パンの会」へ集まる芸術家の数はふえ、その色彩も、多種多様となっていった。そして、その最盛期には、自然主義にあきたらない文学者たちのほとんどすべてと、若い画家や彫刻家たちの大集会にまで発展したのである。

明治四十二年から四十三年へかけて、反自然主義の立場をとる同人雑誌が、続々と発刊された。『スバル』『屋上庭園』『白樺』『三田文学』、そして第二次『新思潮』がそれである。これらの雑誌に関係する同人たちが、みな「パンの会」へやって来たのである。

そして、明治四十三年十一月二十日に、三州屋という料理屋で開かれた「パンの会」は、いろいろな意味

パンの会（木村荘八画）

で記念すべき、大集会となった。谷崎が、はじめてこの「パンの会」へ出席したのも、この日のことであった。

当日の出席者のうち、有名な人の名前だけをあげても、つぎのように数多い。

与謝野《よさの》鉄幹、蒲原有明《かんばらありあけ》、小山内薫、永井荷風《かふう》、木下杢太郎、久保田万太郎、吉井勇、北原白秋、岡本一平、高村光太郎、武者小路実篤、小宮豊隆、長田幹彦。

この時、谷崎は二十五歳、吉井勇も二十五歳、杢太郎と白秋は二十六歳、光太郎は二十八歳、小山内でさえ、まだ三十歳であった。

谷崎たち『新思潮』の同人は、むらさき色のビロードで作った、そろいの帽子をかぶって参加した。谷崎たちは、自分たちの才能には自信があったが、まだだれも文壇に登場していなかった。日頃、雑誌の活字だけで知っている、そうそうたる作家や詩人たちが、つぎからつぎへと四十人以上もつめかけてくる。むんむんする熱気の中で、谷崎たちは、「あれはだれ」「あれはだれ」と名前をたしかめながら、若い眼をかがやかせていた。

そこへやせた背の高い、黒っぽい背広を着た、いかにも都会風な紳士《しんし》が、さっそうとはいって来た。それが永井荷風であるときいて、谷崎は息がつまるほど興奮した。荷風は、谷崎がもっとも崇拝する新進作家であった。荷風はそのとき三十二歳であったが、谷崎の眼には、二十八、九歳に見えた。

間もなく、だれもかれもが酔っぱらい、三州屋は煙草の煙と人の話し声でいっぱいになってしまった。芸者もやって来た。椅子《いす》からころげおちるものもある。歌をうたうものもある。芸者の三味線をとりあげて、それをひくものもある。まさに、青春の洪《こう》水であった。

谷崎は、実際にも酔い、また雰囲気にも酔い、あちこちで先輩《ぱい》をつかまえて、くだをまいた。しかし、本当に話しかけたいのは、自分が尊敬する荷風であった。けれども、谷崎は、そういうことになるとひどく臆《おく》病なたちで、なかなか自分からすすんで声をかけられなかった。とうとう思い切った谷崎は、荷風の前へ行った。

「先生！　僕《ぼく》は実に先生が好きなんです！　僕は先生を崇拝してをります！　先生のお書きになるものはみな読んでをります！」

谷崎は、やっとこういってから、ぴょこんとおじぎをしたのである。

会が解散となっても、谷崎たちは、もっと飲みたく、もっとしゃべりたかった。小山内薫を中心にして、大声で文学を論じつつ、つぎの会場をもとめて、夜のやみの中へ消えて行くのだった。

空に真赤《まっか》な雲のいろ。

罎《びん》に真赤な酒の色。
なんでこの身が悲しかろ。
空に真赤な雲のいろ。

かれらは、こんな歌を大声で歌っていたのかも知れない。これは白秋の詩だが、はじめの杢太郎の詩とともに、「パンの会」のために作られたもので、「ラッパ節」の節で歌われたという。

文壇登場

谷崎は、「パンの会」の席上で、「先生！ 僕は実に先生が好きなんです！」と、興奮のあまり口走ったが、それはそれだけの話だった。『新思潮』は、九月、十月、十一月と、毎月順調に発刊されているが、文壇には、なんの反響もなかった。谷崎は、なんとかして、自分の崇拝する永井荷風に自分の作品を読んでもらい、たったひとことでもよい、批評をしてもらいたかった。

小山内薫の創立した「自由劇場」は、明治四十二年に、有楽座ではなばなしく第一回の試演を行ない、四十三年には第二回の試演もすみ、同じ年の十二月には、第三回の試演として、ゴリキーの「夜の宿」を上演することになっていた。

小山内は『新思潮』の指導者でもあったから、谷崎たち『新思潮』の同人たちは、有楽座の楽屋へ出はいりしたり、舞台稽古を見物したりしていた。

自由劇場は、統率力に欠けた小山内の性格や、資金難などが原因となって、まもなくつぶれてしまったのだが、最初は文壇の有名な作家たちも非常に好意的で、島崎藤村も感激した文章を残しているくらいである。

その、ゴリキーの「夜の宿」の舞台稽古を見物に、永井荷風がやってくるということがわかった。谷崎は、この機会を逃がすまいと、自分の作品「刺青」が掲載されている、『新思潮』の十一月号をふところに入れ、有楽座の廊下をうろうろしていた。けれども、もともと人づきあいの悪い谷崎であるうえに、先月の「パンの会」では、酔っぱらったあげく、随分見ぐるしい姿で、荷風の前へ出たことを思い出し、ますます荷風に近よりにくい思いがしていた。

その頃の永井荷風

荷風は夕方になると食堂へはいって行き、だれかもう一人の作家と話をしていた。谷崎はその前の廊下を、何度も行ったり来たりして、さんざんためらったあとで、やっと勇気を出して食堂へはいって行った。

「先生、十一月号が出来ましたからお届けいたします」

そういって、谷崎は、うやうやしく雑誌を荷風に手渡した。荷風は、「あ、そうですか」といって、とにかく受け取ってくれた。谷崎はほっとして食堂から出て来たものの、まだ心配なので、様子をうかがっていた。けれども、何度のぞいてみても荷風は雑誌を手に取ってみようともしなかった。谷崎は内心がっかりしたのである。

いまここにのべたことは、それ自体はつまらないことである。一文学青年が、新進作家に自分の作品を手渡しした。ただそれだけのことである。けれども、このささいな事柄が、谷崎の運命にとって、非常に大きな意味を持っていたのである。

無名の作家が文壇へ登場するためには、もちろん、その作家の作品が優れていることが第一の条件であるが、それだけでは不充分な場合が多い。せっかくよい才能をもった作家でも、たまたまそうした作風を認める人がいなくて、故意にではなくても、文壇から無視されてしまう場合がある。そうした不幸な目にあって消えていった、おしい作家たちも数多いのである。

谷崎の場合、明治四十三年の九月に「誕生」を書いて以来、その年いっぱいも、翌年も、かなり精力的に作品を発表していた。明治四十三年の分は、さきに列挙したから、ここでは、四十四年の分を書いておこう。

一月　戯曲「信西《しんぜい》」(『スバル』)
二月　小説「彷徨《ほうこう》」(『新思潮』)

五月　戯曲「褒姒《ほうじ》」(『戯曲』)
六月　小説「少年」(『スバル』)
九月　小説「幇間《ほうかん》」(『スバル』)
十月　小説「飈風《ひょうふう》」(『三田文学』)
十一月小説「秘密」(『中央公論』)

このように、多くの優れた作品を発表していながら、谷崎には、まだ決定的な評価はくだっていなかったのである。( )の中の掲載雑誌の名前を注意すればわかるように、十一月の「秘密」を発表した『中央公論』をのぞくと、あとは、すべて同人雑誌である。『中央公論』は、一流の商業雑誌であるから、そこから原稿の注文がくれば、もう一人前の作家となったわけだが、それまでは、どんなによい作品を書いても、やはり無名作家であった。

そのころの谷崎の家は、ひどい困窮状態であった。弟の精二は、昼は早稲田大学へ通いはしたが、夜は発電所へつとめる苦学生だった。妹は腸結核で寝こんでいた。谷崎は、文学の先輩《ぱい》や友人と語りあっているときだけは、意気さかんで楽しかっただろうが、家へかえるとやりきれない気持であっただろう。谷崎は神経衰弱にかかっていたので、夜なかなか寝つかれず、台所へ行って調理用の酒を、冷たいままがぶのみしたりした。

生活力にとぼしい、ふがいのない父親は、それでも谷崎にむかっては父親であった。家の助力はなにもせず、二、三日家をあけて遊び疲れると帰って来て、家ではごろごろと寝てばかりいる谷崎と父親の間には、いつも口論が絶えなかった。

このころの谷崎の家の状態を、谷崎は、のちに、「異端者の悲しみ」という作品に書いている。多少のフィクションはもちろんあるだろうが、かなり事実に近い作品といわれている。その作品の最後の方で、妹は、とうとう息をひきとってしまうのである。

「ああ、あたいはほんとに詰《つ》まらないな。十五や十六で死んでしまふなんて……だけど私《あたい》は苦しくも何《なん》ともない。死ぬなんてこんなに楽な事なのか知ら……」

実際は、十八歳で、彼女は死んだのである。

谷崎は、この時期に、しばしば放浪した。谷崎には、家を出て放浪をしなければならない個人的な理由もあったかも知れない。けれども、当時の文学青年たちにとっては、放浪するということは、特別の意味があったようである。

「私達《たち》は放浪によつて、ちやうど昔の僧侶《りょ》が行脚《あんぎゃ》に出るやうにまた武芸者が武者修《しゅ》業にのぼるやうに、内的生活を豊富にし、文人としての修養を積むものだと信じてゐた。だから今日のルンペンのやうに無気力なものではなく、高邁《まい》な理想を持ち、どんなに物質的に苦しんでも自己を失ふやうなことはしなかつた。」

浜本浩が、例の「大谷崎の生立記」で、このように書いているとおりであったろう。「パンの会」の出席者の中の一人、長田幹彦などは、旅役者の生活に興味を感じているうちに、かれらと一緒に何ヵ月も地方巡業の旅に出たくらいである。

谷崎の放浪は、東北地方から近畿《き》地方におよんでいる。なかでも、偕楽園の別荘があった、茨城《いばらき》県助川には、よく行ったということである。谷崎は、自分の小説家としての将来に不安になり、いなかの新聞記者にでもなろうかと考え、山形や青森の新聞社に話をかけ、その話がまとまりかけたこともあった。

神経衰弱になったり、放浪をしたり、自信を失ったりの、谷崎にとって不安な月日がたっていくうちに、文壇のあちこちで、やっと谷崎の作品を認めようとする動きが見えて来た。『スバル』に関係していた森鷗《おう》外や上田敏《びん》が谷崎の作品をほめているという、うわさも聞こえて来た。しかし、それだけでは、決定的なきめ手とはならなかった。

ところが、運命の女神は、谷崎を見捨てなかったのである。「パンの会」の会合の席でも、有楽座の食堂でも、あんなにそっけなかった永井荷風が、谷崎の作品を絶讃してくれたのである。荷風は、明治四十四年の『三田文学』十一月号に、「谷崎潤一郎氏の作品」という文章をのせた。それは、つぎの文章ではじまっていた。

「明治現代の文壇において今日まで誰《だれ》一人手を下す事の出来なかつた、あるひは手を下さうともしなかつた芸術の一方面を開拓した成功者は谷崎潤一郎氏である。」

それは、先輩の作家が無名の新人に与える文章としてはめずらしいほど、最大級の讃辞がこめられた文章であった。その中で、荷風は、谷崎の作品の特色を三つあげている。ひとつは、「肉体的恐怖から生ずる神秘的幽玄」、ひとつは、「全く都会的なること」、ひとつは、「文章の完全なる事」の三つである。戦後になって、伊藤整《ひとし》が、この荷風評をとりあげて、この批評が、「その後現はれた幾多《いくた》の谷崎評よりも正確にこの作家の特色を言ひ現はして居《い》」るとのべているように、荷風の谷崎評は、谷崎の文学の根本をとらえたものでもあったのである。

この荷風の文章がのせられた『三田文学』が発刊されたことを知ると、谷崎は、近くの本屋へかけつけてそれを買った。雑誌をひろげる手がぶるぶるとふるえてしかたがなかった。本屋の店先から家へ帰る途中、谷崎はそれを歩きながら読んだ。「あゝ、これで自分も文壇へ出ることが出来る」と、谷崎ははっきりと感じることが出来た。

谷崎が感じたとおり、荷風の文章によって、谷崎は一気に文壇へ躍り出た。何度もいうようだが、もちろん谷崎には異常なほど才能があったから、それは当然のことといえるが、運もよかったのである。あとは順風に帆をはった船のようないきおいであった。

新進作家当時の潤一郎
（明治42年ごろ）

あったのである。

中絶さえしている。新進作家になりたての谷崎にしては、いかにも量が少なすぎる。だが、これには理由が

わずか三つの作品しか書いていない。「悪魔」と「あくび」、それに「羹《あつもの》」であるが、これは

遊蕩《とうざん》三昧《まい》　このようにして、文壇へ登場した谷崎ではあったが、その翌年にあたる明治四十五年には、

東京日日新聞社（今日の毎日新聞社）から依頼があって、四月から、京都大阪の見物記を書く仕事がまいこんで来た。谷崎は、その仕事のために、三ヵ月間、関西地方で遊んでいるのである。

のちに、谷崎は関西へ移住し、すっかり関西の土地になじんでしまうのだが、このころは、まだ二十六歳の若さであるし、とくに関西が好きだったわけでもない。むしろ、きっすいの江戸ッ子であった谷崎は、この見物のころには、多分に批判的であった。

新聞社から依頼されて書いた見物記は、「朱雀《すじゃく》日記」として残っている。そして、そこには達者な文章で、かなりこまかい観察が書きつづられている。けれども、のちに谷崎自身も書いているように、若くてなまいきでハイカラで江戸ッ子だった谷崎が、いかにも関西的な、文楽や地唄《じうた》や関西料理に、本気で感心していたわけではなかった。それよりも、友人と一緒に酒を飲み、遊びまわるほうがよほど楽しかったはずである。遊びの相手は、長田幹彦であった。二人は何かというとお茶屋へ行き、芸者と遊び酒を飲んだ。谷崎は酔っぱらうと、必ず長唄《うた》の「勧進《じん》帳」をうなった。声もよいし、上手にうたうのだが、いつでも「勧進帳」しかやらない。当時は、それしか知らなかったのだろう。あまり、いつでも、どこでもやるので、長田幹彦は、

あきれていた。けれども、しまいには、そのずうずうしいほどの度胸に、幹彦は、すっかり感服してしまうのである。

そのとき谷崎は、ひどく金のかかった和服姿でいた。実際は、偕楽園の援助がなければ、とても当時の谷崎には着れるものではなかったが、ともかく、体格はよく、おっとりとして、上等の着物を着て宴席に坐っている谷崎は、もうだれが見ても一流の大家であった。大分あとまで、お茶屋の女たちは、貧弱な長田幹彦のことを、谷崎の書生だと思っていたらしい。最初は上等の着物であっても、三カ月間、それ一着以外にはなんのかえもない谷崎のことだから、毎日それを着ていたので、しまいには汗や酒のしみでベトベトになり、すそはぼろぼろになり、中から綿がぶらさがって来た。一度は、背中にインクをこぼして大きなしみを作ってしまった。それでも、谷崎はそのぼろぼろの着物を着て悠然とかまえていた。

仕事はほとんどせず、毎日方々で、あまりにはでに遊びすぎたので、借金は山のようになってしまった。三千円は充分にあったはずである、「その時分の三千円といへば今の百万円以上である。おっかなくなるので、私はなるべく考へないことにしてゐた。」と、長田幹彦は回想している。

この関西見物で、谷崎ははじめて関西の土地の風物にしたしんだ。本当に好きになったわけではないにせよ、このときの見聞が、のちの関西移住後の作品に、影響を与えていないとはいえない。名作「細雪」の中でも評判の高い、平安神宮の花見のくだりがある。「まことに此処《ここ》の花を措《お》いて京洛《らく》の春を代表するものはないと云《い》ってよい」とまで谷崎が書いている、紅枝垂桜《べにしだれ》が、そこにある。おもしろいことに、この関西見物中に、谷崎は、この桜の美しさに感嘆しているのである。あの美しい桜の描写の背景にも、作者の長い観察の歴史がひめられていることが、この一例でもわかるだろう。

この関西見物のあいだに、谷崎のからだは、異常に太りはじめた。「パンの会」のころの谷崎は、四十五キロぐらいしか体重がなく、ひどくやせていた。ところが、作家生活にはいってから急に太り出し、ことに、この関西滞在中にますます太り、とうとう六十七、八キロにまでなってしまった。それでいて、身長は、せいぜい百五十六、七センチしかないのだから、ただ歩くだけでも息が切れるという状態になった。その上、ちょうど、春から夏へむかう季節だったので、じとじとと身体中が汗ばんだ。股に肉がつきすぎたので、歩くと股ずれができ、上り坂になると、あえぎあえぎでなければ、とてものぼり切ることはできなかった。

昭和元年に、谷崎は、「友田と松永の話」という作品を書いた。まったく同一人物が、ある時期になると、でっぷりと病的に太った男となり、別の時期には、げっそりとやせた男になり、性格や行動まで変わってしまう。太っているときは友田であり、やせているときには松永になる。そういった不思議な話であるが、吉田精一は、それは、直接谷崎の体験にもとづいているとし、「こうした肉体の条件、生理の要求をもとにして、自己の、自己を通じて人間の存在を考えることが、谷崎文学の本質であり、思想でもあった」とのべている。

ともかく、そんなに太ってしまうと、だれでも外へ出たくなくなる。谷崎も、昼間はごろごろと寝ころんでいて、夕方になるとお茶屋へ出かけて行って酒を飲み、そのまま寝てしまうこともある。宿屋へ帰って来ても寝てばかりいる。机の前へ五分と坐ってはいられない。そんなふうにして、この期間の谷崎は、肉体的な原因もあって、全く作品を書いていないのである。

そのうちに、しばらくは回復していた神経衰弱が、また再発してしまった。谷崎の神経衰弱というのは、こういうものだった。谷崎自身の書いている文章を引用しよう。

「私の神経衰弱と云《い》ふのは強迫観念が頭に巣を喰《く》つて、時々発作を起すのであつたが恐怖の対象はいろいろに変つた。或《あ》る時は発狂するかと思ひ、或る時は脳溢《いっ》血、心臓麻痺《ひ》を起すかと思ひ、そして、さう思ひ出すと、必ず一定の時間内にさうなるに違ひない気がして来る。すると、もうその予感で顔色が真つ青《さお》に変り、或《あるい》はかあッと上気《のぼ》せて来て、体中がふるへ出し、脚《あし》がすくみ、心臓がドキンドキン音を立てゝ鳴り出して、今にも破裂しさうになる。その恐ろしさを紛《まぎ》らすために、片手でしつかり心臓を押さへ、髪の毛を搔《か》き毟《むし》つたり、そこらぢゆうを駈《か》けずり廻つたり、水道の水を浴びたりする。」

そうした発作を止めるためには、酒を飲むのがもっとも効果があった。このような神経衰弱が、再び起ったのである。

また、戦前までは、徴兵検査というものがあった。日本人の男性は、成年に達すると、必ずこの検査を受け、合格すれば一定期間だけ兵隊としての訓練を受ける義務があった。学生であるとか、そのほかの理由で、検査が猶予されはしたが、その期限も切れたのに検査を受けないものは、罪人になった。谷崎は検査を猶予されていたが、それも七月で期限が切れることになっていた。

神経衰弱にはなり、金もなくなり、徴兵猶予の期限も切れそうなので、谷崎は、なるべく早く東京へ帰りたかったが、帰りの汽車の中で発作が起るかも知れなかった。それを思うと、とても汽車へのれなかった。毎日いらいらし、あいかわらずだらしのない生活をつづけていた谷崎も、六月の末になって、いよいよ追いつめられ、死ぬような思いをして、やっと東京へ帰って来たのである。たくさんの薬とウイスキーと氷のうを持ち、つきそいの人までついて、わざわざ普通列車で帰って来たのだった。

このような、異常に思われるほどの神経衰弱も、不思議なことに、当時の青年の間では、一種の流行であったのである。放浪が流行したり、神経衰弱が流行したりする時代であった。谷崎は、「恐怖」とか「悪魔」とかいう初期の作品に、この体験を描いている。

七月、谷崎は徴兵検査を受けたが、脂肪過多症で不合格となった。

その月の三十日に明治天皇がなくなり、乃木《の》大将夫妻が殉死した。この引きつづいて起こった事件に、鷗《おう》外や漱《そう》石はひどくショックを受け、おのおの、「興津《おきつ》弥五右衛《やえ》門の遺書」や「こゝろ」のような、重要な作品をのこしているが、この事件は、谷崎には、何も影響を与えていない。このときに限らず、谷崎は、社会の動きや政治のなりゆきには、一切無関心である。明治天皇がなくなった月に、遊蕩三昧にぶくぶく太ったからだで徴兵検査を受け、見事不合格となった谷崎の姿は、いかにも谷崎らしいというべきであろう。

結婚

大正二年の春ごろ、谷崎は、しばらくの間、小田原に住んでいた。ここで、谷崎はくしくも初恋の女性、福子にあった。福子はまだ独身で、玉突き屋を経営していたが、ますます美しくなっていた。けれども、何年かの空白は、二人を結びつけるための障害となったのだろう。谷崎は福子とは結婚せず、東京へもどった。のちの関東大震災のおりに、福子は、不幸にも圧死したということである。

大正元年から三年へかけて、谷崎は、あまり作品を書いていない。この時期の谷崎は、新進作家の名声と酒と女におぼれていたのである。大正三年になると、東京にはいたものの、ほとんど家には落ちつかず、主に向島《むこうじま》の芸者お初のところへ通い、そこを仕事場にして作品を書いていた。お初は、鉄火肌の、いわゆる妖婦型の女で、初期の谷崎の作品によく登場する人物とそっくりだった。当時の谷崎は、悪魔主義の作家とさわがれ、自分でも悪魔主義的な生活を実践しているところであったから、お初は谷崎の趣味にぴったりだった。

お初には旦那《だんな》がいることを承知で、谷崎はお初と結婚をしたがっていた。しかし、自分の分をこころえていたのか、お初は首をたてには振らず、かわりに自分の妹をすすめた。お初は前橋の出で、千代子とせい子という二人の妹がいた。千代子は、前橋にいるころ、いったん芸者になったが、間もなく結婚した。ところが、その夫と死別して、いまは独身でいるということだった。谷崎はお初と結婚したかったのだが、それは不可能だったし、相手がお初の妹であり、かつて芸者をしていた経験があるということから、かなり妖婦型の女性を想像したのであろう。千代子とはほとんどつきあいもせず結婚する意志を固め、大正四年五月二十四日に、谷崎は初めて結婚をした。新居は、本所の新小梅町であった。その年、谷崎は三十歳、千代子は二十歳であった。

新婚生活の当初は、いかにも幸福そうに見えたが、不幸が訪れるのも早かった。その原因は、谷崎が空想をしていた妻の性格と、現実の妻の性格とが、あまりにもくい違いすぎていたことにある。作家の神経は、普通人とはちがって、よほど繊細であり、よほど特殊である。しかも、谷崎は、現実に妥協して芸術生活が破壊されることをもっとも恐れていたから、平凡な家庭生活の幸福は少しも望んではいなかったのである。ところが、千代子は、お初の妹で、元芸者をしていたとは思われないほど、貞淑で、従順で、家庭的な女性だった。一般的な見方からすれば、千代子は模範的な妻だったといえる。けれども、谷崎には、そこが気に入らなかったのだから、問題は、最初から暗礁へのりあげていたといえる。

谷崎は、間もなく、千代子とは口もきかなくなってしまった。気むずかしい芸術家の夫の気にそうように、千代子はどこまでもつくしたが、千代子がつくせばつくすほど、谷崎は妻を無視するようになった。千代子はどうしてよいかわからなくなってしまった。

一方、谷崎は、ようやく創作力を回復し、「お艶《つや》殺し」「法成寺《じょう》物語」「お才と巳之介《みのすけ》」などの作品を発表していた。そして、妻の千代子で満たされなかった妖婦的な性格を、その妹のせい子に見出していた。せい子は、大正四年にはまだ十四歳の少女だったが、すでに男を男とも思わない、大胆な性格の芽生えを見せかけていた。谷崎は妻に冷たくするかわりに、せい子をかわいがり始めた。大正五年には、谷崎に初めての子供である鮎子《あゆ》が誕生したが、実子の誕生を喜ぶより、せい子の養育に夢中になりだした。谷崎はせい子を自分の家に引きとり、ちょうど、「源氏物語」の中で、光源氏が若紫《わかむらさき》を幼いころから養育して理想の女性にしたてたように、せい子を自分の悪魔主義的な芸術観にかなう女性に育てようと考えた。

このころ、谷崎は、小石川の原町へ引越したが、その年のうちに同じ町内で、また引越しをした。谷崎の両親や弟たちは蛎殻町《かきがらちょう》へもどっていた。谷崎は、はなばなしく世の中へ出たし、ともかく結婚をして子供もできた。これからはそれほど苦労をせずにすむというときになって、谷崎の母は丹毒にかかった。一時は危なかったが、医者がもちなおすだろうといったので、谷崎は、仕事にかこつけて伊香保《いかほ》へ旅に出た。妻には内緒で、せい子も同行していた。ところが、その間に母の病気が急に悪化し、関《せき》は五十四歳で帰らぬ人となった。谷崎は、いそいでかけつけたが、母の死に目には間にあわなかった。関は、深川慈眼《じげん》寺の谷崎家の墓地へ葬られたが、そのころには、芥川家の墓が、ちょうど背中あわせの位置にあったという。

実説「痴人の愛」

母の死後、谷崎夫婦のなかは、さらに悪化した。ついに谷崎は、妻子を自分の実家へやり、実父倉五郎の身のまわりを世話させるという名目のもとに、実際は別居した形をとることにした。

そのころ、佐藤春夫が谷崎の家に出入りするようになる。谷崎は、文壇づきあいもせず、若い文学青年とも交際せず、悠々と独自の文学を成長させていくタイプの文学者だった。だから、無名の文学青年が訪《たず》ねて行っても、大抵は門前ばらいを食わされるのがならわしだったが、佐藤春夫だけは別だった。当時、佐藤春夫は、まだ無名の作家であったが、『スバル』や『三田文学』や『星座』に発表される作品を谷崎は読んでいて、ひそかにその才能を愛していた。二人は初対面からおたがいに親近感を抱き、師弟の間柄というよりは、無二の親友同志となってしまうのである。そののち、二人は、芸術上も現実生活の上でも、相互に大きな影響を与えつつ成長していくわけだが、いまはしばらく、その問題からは離れておこう。

大正七年の三月、谷崎は、妻子を実家におきざりにしたまま、神奈川県鵠沼《くげぬま》の「あづまや」別館へ転居した。そこで、谷崎はせい子と同棲《せい》した。せい子は谷崎の教育どおりに、というよりは、それ以上に、自由で奔放な女になっていた。貞淑で家庭的な千代子とはまるで正反対の彼女は、家事は一切せず、浪費と遊びに明けくれする女だった。谷崎に養われていながら、若い不良少年どもと鵠沼の海岸を荒らしまわった。もう谷崎の手にはおえないほど、せい子は放埒《らつ》な女になっていた。谷崎はせい子を牽制するつもりで、浅草の女優とつきあったりしてみたが、それがかえってせい子を刺激し、せい子は谷崎のもとから姿をくらましてしまった。

谷崎は鵠沼の家を引きはらい、せい子の行くえを探したが、いっこうにそれは知れなかった。ところが、彼女は、日本橋で芸者になっていたのである。一段とあでやかになったせい子の姿に、谷崎は唖《あ》然としてしまうのだった。

この年の十一月、谷崎は、小石川の家も整理し、単身、中国へ旅行した。朝鮮、満洲を経由して中国には

中国服を着た潤一郎

いり、天津《てんしん》、北京《ぺきん》、蘇州《そしゅう》などをめぐってその年の暮に帰国した。谷崎は食い道楽で、しかも若いころには、あっさりした日本料理よりも、血のしたたるようなビフテキとか、脂っこい料理を好んで食べたので、この中国旅行では大いに満足した。谷崎は、料理については、しばしば随筆で、その蘊《うん》蓄を傾けているが、このときの中国旅行のあとでも、「支那《しな》の料理」という文章を書いている。朝鮮の料理は「いかに悪物《いかもの》喰いの私でもあればかりは全く喰へなかった」と閉口しているが、中国ではよほど料理に感激したようである。

さて、大正八年の二月には、二年前に死んだ妻のあとを追うようにして、谷崎の父が死んだ。そこで谷崎は蛎殻町《かきがらちょう》の家を親戚へ渡し、本郷の曙町へ転居した。家族も一緒になったが、芸者をやめたせい子も同居することになった。長い間の夫の冷たいしうちに、千代子は身心ともに疲れはててしまい、そのころ病気がちだった。谷崎も、さすがに気の毒に思ったのか、家族をつれて塩原温泉へ出かけたりしたが、夫婦間の愛情の回復は、全く望むことができなかった。

佐藤春夫も、近くの駒込神明町《こまごめしんめいちょう》にうつっていたので、谷崎と春夫の交遊はいっそうこまやかになって来ていた。けれども、谷崎の妻に対する冷ややかな態度を見るにつけ、佐藤春夫の千代子に対する同情は、ともすれば愛情にまで深まろうとしていた。

この、結婚後からつぎの横浜時代へかけての、谷崎と義妹せい子との交渉が、のちの問題作「痴人の愛」の母胎となっているわけである。女主人公ナオミの行動は、かなり多くの点で、現実のせい子の行動と重なりあうようである。

活動写真

トーマス・エジソンが、「キネマトグラフ」、ついで、「キネマトスコープ」を発明したのは、明治二十二年のことである。この、「動く写真」は、たちまちにして全世界の人気者となり、世界各国で似たような機械が改良され、映画の草創期がはじまった。最初は音声もなく、上映時間もごく短かく、カメラもすえっぱなしだったので、みせもの的な要素が強かったが、明治の三十年代には劇映画が製作されるようになり、外国、ことにハリウッドでは、ほんのわずかな間に、映画は企業としてなり立つようになった。

わが国で、エジソンの「キネマトスコープ」が初めて公開されたのは、明治二十九年のことである。その後、わが国においても、活動写真は、またたくまに大衆の心をとらえ、外国にならって、続々と劇映画が製作されるようになった。

大正九年に、セメントや製鉄、造船などを経営していた浅野資本の浅野良三が、大正活映（大活）という映画会社を設立し、谷崎を文芸顧問にむかえた。谷崎はその年三十五歳で、まだまだ西欧文明にあこがれ、ハリウッド製の活動写真にうつつを抜かしていたころであるから、自分でもシャレた活動写真を作ってみたいという意欲は充分にあった。それに、十五の歳から自分の好みどおりに育てて来たせい子を、この際、映画女優にしたてようと思う野心もあった。そのようななりゆきから、谷崎はみずから脚本を書き、せい子を葉山三千子という芸名で出演させた映画が完成した。

映画「アマチュア倶楽部」の一場面
（右から３番目が葉山三千子）

岩崎昶《あきら》の『映画史』には、つぎのように書かれている。

「谷崎潤一郎原作脚色、栗《くり》原トーマス監督の大活第一回作品『アマチュア倶楽部《くらぶ》』（一九二〇年）は、このふたりの盛名から世間が期待するほどのものではなかったが、それでもさすがにそれまでの日本映画のメソメソした新派調からは想像もつかないような闊《かっ》達な生命感があふれていた。まだ女形が生き残っていた日本映画のなかで、水着一枚の健康なヌード女性（谷崎の義妹葉山三千子が出演）が夏の海と陽光のなかをはつらつとはねまわり、アメリカ風の野放図《のほうず》なドタバタが展開される。」

この活動写真がどのようなものであったかは、この記述で、大体想像がつくことだろう。けれども、関係者の意気ごみほどには、この作品は成功しなかった。この失敗にもめげず、谷崎は、この年とつぎの年へかけて、あと三つの作品を製作した。泉鏡花原作の『葛飾砂子《かつしかすなご》』、谷崎原作の『雛祭《ひなまつり》の夜』、上田秋成原作の『蛇性《じゃせい》の淫《いん》』の三作である。脚本はいずれも谷崎が書き、第三作には、その年六歳になった谷崎の娘鮎子《あゆこ》が出演した。

「大正活映の仕事はたしかに新しく、理想をもっていた。が、その作品は全体として見て日本の風土に根づいていず、失敗の連続であった。」と、岩崎昶が書いているように、谷崎の野心も空しく、大正活映はあえなく解散してしまうのである。

谷崎は、若いころから、活動写真の大ファンであった。大正六年に、すでに、「活動写真の現在と将来」という一文を書き、大いにファンぶりを発揮している。たとえば、こんなふうに書いている。

「活動写真は真の芸術として、たとへば演劇、絵画などゝ並称せらるゝ芸術として、将来発達する望みがあるかと云《い》へば、予《よ》は勿論あると答へたい。さうして、演劇や絵画が永久に滅びざるが如く、活動写真も亦《また》、不朽に伝はるであらうと信ずる。」

これは、『アマチュア倶楽部《くらぶ》』を脚色する三年前に書かれている。谷崎の映画好きは、一生変わらなかった。晩年になっても、しばしば映画を見、その体験の中から創作の感興をわかしているようでもある。七十歳のときに書いた、「過酸化マンガン水の夢」のなかにも、『悪魔のような女』という、フランスのスリラー映画について、実に詳細な分析と鑑賞がなされているが、その感覚のみずみずしさは、青年の感覚とすこしも変わらない。

上山草人《かみやまそうじん》は、早川雪州《せっしゅう》とならんで、日本人の映画俳優として、堂々とハリウッド映画に出演した、映画界の先覚者であるが、谷崎は草人とは親しい交わりを結び、のちに出てくるが、ある重大な一身上の問題の、立ちあい人ともなってもらったくらいである。

谷崎は、自作の映画化や演劇化を、あまり好まなかった。にもかかわらず、谷崎の作品は、今日まで、数え切れないほど何回も、上演され映画化されて来ている。谷崎が自作の映画化や演劇化をきらった最大の理由は、自分がそれらの作品で展開したイメージが、かならずこわされてしまうためであった。たとえば、自作の戯曲「本牧夜話」が、大正十三年に初めて映画化されたとき、谷崎はひどく憤慨している。「こんな不愉快を感じたことも始めてである。」とまでいっている。

晩年、自作の戯曲「お国と五平」が上演されたとき、「『お国と五平』所感」という抗議文を発表し、演出方法から、個々の俳優の演技のすみずみに至るまで、辛辣《らつ》に非難している。その中にも谷崎は、「いったい私は映画でも演劇でも、自分の作物が演ぜられるのを見ることは嫌ひなのです。どうも自分の物を見てゐるといろいろの欠点が眼について仕方がありません。」と書いている。

さて、谷崎は、大正八年の暮に、小田原にも家をもち、一方、大活のスタジオが横浜にあったので、横浜にも家をもっていた。家族は小田原におき、横浜ではせい子と同棲《せい》し、その間を往復していた、夫婦間の不和はすでに限界に来ていた。

大正九年の十月に、台湾から中国を旅行して帰国した、佐藤春夫が、小田原の谷崎家を訪ずれた。谷崎と春夫の間の友情は、以前とすこしも変わらずにつづいていたが、不幸な千代子の境遇を見るにつけても、春夫は、千代子に対する思慕の情をつのらせずにはいられなかった。谷崎は、もし春夫が千代子を本当に愛しており、千代子も春夫と夫婦になることをいとわないならば、自分は千代子と離婚する意志があると、二人にそれとなくもらしていた。そして、二人が親しくなるように、みずからしむけていたようでもある。ところが、千代子は古風な貞淑な女であったから、なかなか思い切った決断にふみきれずにいた。それに、当時は、妻の側から離婚を申したてることは、大変勇気のいる時代でもあった。だからといって、谷崎は、自分から一挙に妻を離縁するという、強い行動をとろうとはしなかった。実際には、妻を妻として認めていないような、冷酷な夫であったにもかかわらず、離婚問題となると、どこまでも各人の自由意志を尊重するという、はなはだ紳士《しんし》的な態度をとっていた。

この、どこまでも煮えきらない谷崎の態度を、客観的にみると、いかにも谷崎がずるく、日和見《ひよりみ》主義で、どこまでも自分だけがいい子になろうとしているように見える。あるいは、そのような面もあったかも知れない。けれども、その後、何年もつづく、この三人の間の心理的な葛藤《かっとう》や、ついに行きついた解決策などを詳しくたどってみると、必ずしも谷崎の態度ばかりを責めるわけにはゆかない。この事件にあらわれている大きな特徴は、千代子は別として、谷崎も春夫も、知識人としての長所と欠点を、ぎりぎりの線までさらけ出した点にあると思われる。

大正九年の秋は、そのようなわけで、主人のいない小田原の家で、千代子と春夫がすごす日も多かった。谷崎は横浜で、活動写真とせい子に夢中だった。秋も深まると、秋刀魚《さんま》が魚屋の店先にならぶ。春夫は、和歌山県の生まれだったので、その土地のならわしだといって、焼いたサンマに青いミカンの汁をしぼって食べる食べ方を、千代子に教えた。翌年の秋に、春夫が発表した、有名な「秋刀魚の歌」は、この時分のせつない春夫の気持を、そのまままじかに詩の言葉に表現したものであった。

十一月に、千代子は、ついに春夫にむかい、結婚をしてもよいという意志をうちあけた。そのころ、谷崎は、せい子にふりまわされていた。せい子は、そのときは高橋英一といったが、のちに岡田時彦という芸名で一世を風靡した、二枚目俳優と恋愛中だった。谷崎に経済的な援助をさせておきながら、ほかの男性と恋愛をすることなど、すこしも悪いとは思わないような、せい子だった。もともと、谷崎は、せい子をそのような女性に育てようと努力して来たのだから、実際には、谷崎の実験は成功したわけである。しかし、現実にそうなってみると、谷崎は不愉快であった。せい子がほかの男のもとへ走り、妻が佐藤春夫のところへ行ってしまえば、谷崎は一度に孤独な身になってしまう。谷崎は、急にさびしさを感じたのだろうか。

明けて、大正十年の三月になって、谷崎は千代子とは離婚しないことにきめ、佐藤春夫とは絶交した。これまでのなりゆきから、この絶交までを、俗に、小田原事件とよんでいるのである。

転機

大震災

大正九年から大正十二年へかけて、谷崎は、横浜でくらすことが多かった。小田原事件以後は、家族もろとも横浜でくらすようになった。大活の仕事をつづけているころの谷崎は、横浜の本牧《ほんもく》に住んでいた。本牧には、当時、ちゃぶやというものがあった。横浜は外国船の出はいりする国際的な都市であるので、船員や外人むけの料理屋がいくつも出来た。それを、ちゃぶやというのだが、実際は、一種の娼家《しょうか》であった。なかでも、「キヨ・ホテル」という店は有名だった。青い眼の外人や、気の荒い船員や、中国人のコックやアマさんや、それに濃い化粧をした女たち――当時の本牧は、どこか日本ばなれのした、異様な土地であった。谷崎ばかりでなく、ほかの芸術家たちも、刺激を求めて、本牧へ遊びに行くものが多かった。

谷崎は、この土地を舞台にして、「本牧夜話」とか、「友田と松永の話」などの作品を書いている。

谷崎は、大正九年の一月から、『中央公論』に、「鮫人《こうじん》」という大作を連載しはじめたが、十月で中絶してしまった。完成すれば、すばらしい長編になったかも知れないが、残念なことであった。

大正十年から十三年へかけて、つまり、活動写真の仕事に熱中していた時代には、谷崎は、戯曲ばかりを書いている。その中には、今日でも、ときどき上演される、「お国と五平」をはじめとして、「愛すればこそ」、「本牧夜話」、「愛なき人々」、「無明《むみょう》と愛染《あいぜん》」などがある。谷崎は、処女作の時代から、しばしば戯曲を書いて来たが、小説と戯曲の両方に、傑作を生んでいる。小説にももちろん必要なことであるが、戯曲は、特に構成力を必要とする。谷崎が小説家でありながら、これほど戯曲を多く書いたのは、ひとつには、谷崎が構成力にめぐまれていたからでもあろう。谷崎が戯曲に巧みであったことは、小説を書く上においても、谷崎が、どれほど構成に力を注いだかを裏がきしている。

さて、活動写真に熱中はしてみたものの、はかばかしい成果はえられなかった。また、この数年は、小説では、ヒットするような作品を書いていない。夫婦間の問題も、一向に解決はしない。せい子は岡田時彦と別れたあと、こんどは、江川有礼雄《うれお》という俳優とつきあっていたが、それとも別れたらしい。外的にも内的にも、谷崎の心はゆれ動いていた。どちらかの方向へむかって、切りひらかなければならなかった。

ちょうどそのような最中、谷崎は、「支那趣味と云《い》ふこと」という文章を書いている。「嘗《かつ》ては東洋の芸術を時代後《おく》れとして眼中に置かず、西欧の文物にのみ憧れてそれに心酔した人々が、或《あ》る時期が来ると結局日本趣味に復《かえ》り、遂には支那趣味に趨《はし》って行くのが殆《ほとん》ど普通のやうに思はれる。」と前おきして、こんなことをのべている。

「横浜へ移転して来て、活動写真の仕事をし、西洋人臭い街に住まひ、西洋館に住んで居《い》ながらも、私のデスクの左右にある書棚の上には、亜米利加《あめりか》の活動雑誌と共に高青邱《きゅう》や呉《ご》梅村《の》が載つて居る。私は仕事や創作の為《た》めに心身が疲れた時、屢々《しばしば》それらの雑誌や支那人の詩集を手に取つて見る。モーションピクチュア・マガヂンや、シヤドオ・ランドや、フオオトオ・プレエ・マガヂンなどを開く時、私の空想はハリーウツドのキネマ王国の世界に飛び、限りない野心が燃え立つやうに感ずるが、さて一《ひ》と度《た》び高青邱を繙《ひもど》くと、たつた一行の五言絶句に接してさへ、その閑寂な境地に惹《ひ》き入れられて、今迄《まで》の野心や活潑《ぱつ》な空想は水を浴びたやうに冷えてしまふ。」

ここには、大げさな言葉でいえば、谷崎の心の中で戦っている、東洋と西洋がある。東洋と西洋の選択でも、当時の谷崎の心はゆれ動いていたのである。

大正十一年の春、谷崎は、めずらしく家族をつれて、父母の納骨のために、高野山へ旅行をした。谷崎夫婦の間には、比較的平和な日々がつづくようだった。

谷崎は、幼いころから異常なほど地震ぎらいであった。これは、母親ゆずりなのである。その年の四月に、ちょっとした地震があったが、本牧は土地が低く、それに海岸に近いので、谷崎はひどく不安になって来た。それで、十月には、思いきって、高台の山の手へ引越してしまった。そこなら津波の心配はないし、地盤が固い場所だし、安全であろうと思った。

大正十二年は、社会的にみると、あわただしい雲行きが感じられる年だった。文学の世界にも、社会の動揺がそのままに反映していた。前年に日本共産党が結成され、左翼運動が活潑《ぱつ》になっていたが、左翼の作家たちは、『種蒔《ま》く人』や『赤旗』によって、さかんに活躍していた。一方、この年の一月に、『文芸春秋』が創刊され、横光利一、川端康成《やすなり》などの、のちに新感覚派とよばれた若い作家たちが、はなばなしく登場して来た。そのほかにも、さまざまな流派がきそいあい、文壇は騒然としていた。

もともと文壇には知己の少い谷崎は、こうした文壇の動きには超然としていたが、内心あせりを感じていた。このへんで、作風の転換をこころみて、新境地を開拓しなければならなかった。そのために、妻をつれて、フランスへ旅行したいとも思っていた。

六月には有島武郎《たけお》が波多野《はたの》秋子と心中した。その同じ月、共産党員が検挙された。左翼勢力の増大を恐れた政府は、左翼に弾圧の手をさしのべて来たのである。

そのような中で、谷崎は、しきりに家族を慰安するために、旅行をしていた。小田原事件の反動からか、谷崎はめずらしく、千代子をいたわっていたようである。七月ごろには家族づれで、伊香保《いかほ》のあたりへ出かけ、八月になると、やはり家族づれで、箱根へ出かけている。八月の末に家族を横浜へかえし、谷崎はひとりで箱根にもどった。

九月一日、谷崎がバスに乗っているとき、関東大震災が起こった。谷崎はかろうじて一命をたすかったが、宿にたどりつくと、さまざまなうわさが聞こえて来た。東京は全滅である。横浜もどうなったかわからない。そんなうわさを聞いている谷崎の足もとが、余震でぐらぐらと揺れつづけていた。地震ぎらいの谷崎には、こんなに恐しかったことはないだろう。

鉄道が不通になってしまったので、横浜へ行くことができない。そこで、谷崎は沼津へ出てから、いったん大阪へ行き、神戸《こうべ》から船にのって横浜へついた。家族はほかへ避難していたが、全員無事であった。

この地震で、東京の家は三十万戸焼け、五万八千人の死者が出た。関東全体の被害総数は、死者九万人、負傷者十万人、破壊焼失戸数六十八万戸、全壊一万四千戸というもので、東京は三日間燃えつづけ、うわさ通りに全滅してしまった。この騒ぎのどさくさにまぎれて、左翼の指導者の一人、大杉栄が、伊藤野枝《のえ》とともに虐殺されたり、罪のない朝鮮人が、何人もなぶり殺しになるという暗い事件も起こった。

谷崎は、地震の騒ぎがおちつくまではという、比較的かるい気持で、家族をつれて関西へ移った。けれども、この関西移住が、谷崎にとっては大きな転機となった。このときは、ほんの一時しのぎのつもりの関西移住が、すっかり本物となり、これ以後、死に至るまで、谷崎はついに東京へはもどらなかったのである。そして、この年を境にして、谷崎の文学は大いに変化し、悪魔主義から古典主義へ、西洋趣味から東洋趣味へと、あざやかな変貌をとげるのである。

関東大震災当時の潤一郎

谷崎は、これまでにも何回か引越しをして来たが、これからも、たびたび家を移転して行く。関西へ移ってからも、大正十二年のうちに、三度も住まいを変えている。最初は洛《らく》北の等持院であり、つぎは要法寺という古寺を借りた。この寺は、あまりに古く陰気だったので、家族が住むのをいやがった。それで、間もなく、明るい六甲の苦楽園へ移った。そして、翌年には芦《あし》屋ちかくの岡本という場所へ転居した。

芥川との論争

大正十三年は、谷崎にとって、再出発の年であった。関西という新しい土地へ住み、ひさしい芸術上の迷いを、ここで一挙に解決しようと考えた。谷崎が自分の理想どおりに育てたつもりが、かえって谷崎の方がふりまわされてしまった、あの自由奔放な女、せい子も、そろそろ落ちついた生活を望み、その年のうちに結婚することになっていた。谷崎は、そのせい子と自分との風変わりな関係を作品に書いた。もちろん、現実の彼らの行動とは、およそことなって書かれていたが、ナオミのモデルは明らかにせい子そのものであった。こうして書かれた、「痴人の愛」は、大成功をおさめ、谷崎は、精神的にも経済的にも、ここに久しぶりの安定をみたのである。

大正十三、四年ごろ、文壇では、私小説論争というものが行われていた。明治末期からはじまって、たちまちのうちに文壇全体をおおってしまった文学思潮は、自然主義とよばれるが、それが大正へはいると、さらに円熟し、私小説とか心境小説とかいうものを生みだした。私小説というのは、作者が作者自身の体験をほとんどそのまま作品に書き、その間に、作者自身の心境をおりこんでいくような小説をいう。

久米《くめ》正雄などは、「私小説と心境小説」という文を書き、私小説こそは、小説の中のもっとも純粋で本格的なものであり、トルストイの「戦争と平和」も、ドストエフスキイの「罪と罰」も、「高級は高級だが、結局、偉大なる通俗小説に過ぎない」とまでいった。

この久米正雄の意見に対する反対意見も、当然出されたが、私小説への根づよい愛着は、作者の側にも読者の側にもあった。一方、大衆小説とよばれる通俗的な小説がさかんに書かれ、こちらは私小説などとは比べものにならないほど、多くの読者を獲得していた。

このような状態にあったとき、谷崎は、たまたま、『改造』に連載していた、「饒《じょう》舌録」という随筆に、ちかごろの私小説はつまらないが、中里介《かい》山の「大菩薩峠《だいぼさつとうげ》」はおもしろい、といった文章を書いた。これをきっかけにして、この谷崎の意見に芥川龍之介が反駁《ばく》し、また谷崎がそれに反論するという形で、この二人の間に論争が行われたのである。

この論争を整理してみると、芥川は「話らしい話のない小説」、つまり、心境小説をどちらかといえば、純粋な小説と考え、谷崎は、構造的建築的にがっしりと組みたてられた小説を、本格的な小説と考えていた。谷崎は、そもそも文壇へ登場するときから、自然主義に反対の立場をとっていたのであるから、谷崎が私小説に反対するのは当然のことである。芥川も、その初期の短編は、すべて「話らしい話のある小説」であったが、晩年に近づくにつれて、次第に、私小説に心を寄せるようになっていたのであろう。

今日では、私小説はほとんど滅びてしまったので、谷崎の意見の方が、いかにも正統的で無理のない考えのように思われる。だが、当時においては、このような問題がまじめに論議されるほど、私小説がさかんであったのである。

芥川は、この論争がうちきられた二ヵ月後、突然、自殺をした。谷崎が驚いたことはいうまでもない。そのため、この論争は、谷崎にとっても忘れられないものとなったのである。芥川追悼《ついとう》の文の中で、谷崎はこう書いている。

「聡《そう》明で、勤勉で、才気煥《かん》発で、而《しか》も友情に篤《あつ》くって、外には何《なん》の申し分もない、ただほんたうにもう少し強くさへあってくれたらばこんなことにはならなかったであらうものを。思へばいたましき人ではある。」

わが宿は

大正十五年の末から、翌年のはじめへかけて、改造社で、『現代日本文学全集』全六十三巻の、予約募集が始まった。これが、いわゆる円本《えんぽん》ブームのはしりである。円本とは、この全集のどの冊をも、定価一円ときめたために出来た言葉である。この円本のアイデアは、谷崎が考え、直接に、改造社の社長に話したといわれており、晩年になって、谷崎自身もそれを肯定しているが、ほかにも考えた人がいたらしいともいっている。

ともかく、この計画は、昭和二年の金融恐慌《こう》をのりきるために考えられた、冒険的な試みであったが、幸運にも賭《か》けは成功し、当時としては空前の、六十万という予約部数を獲得した。この改造社の成功に刺激されて、出版界では、しばらくの間、円本ブームがつづくのである。

この計画の成功で喜んだのは、出版社ばかりではなかった。今日では小説家は立派な職業として認められ、才能さえあれば、かなりな収入にめぐまれるが、当時はそうではなかった。相当名のある作家でも、つねに生活の不安におびやかされていたのである。ところが、この円本ブームによって、小説家のふところへも、今までにぎったこともない、莫《ばく》大な額の印税がころがりこんで来た。今日あるようなまでに作家の地位を向上させ、同時に、マス・コミが強い力をふるうようになった端緒は、この円本ブームに発している。

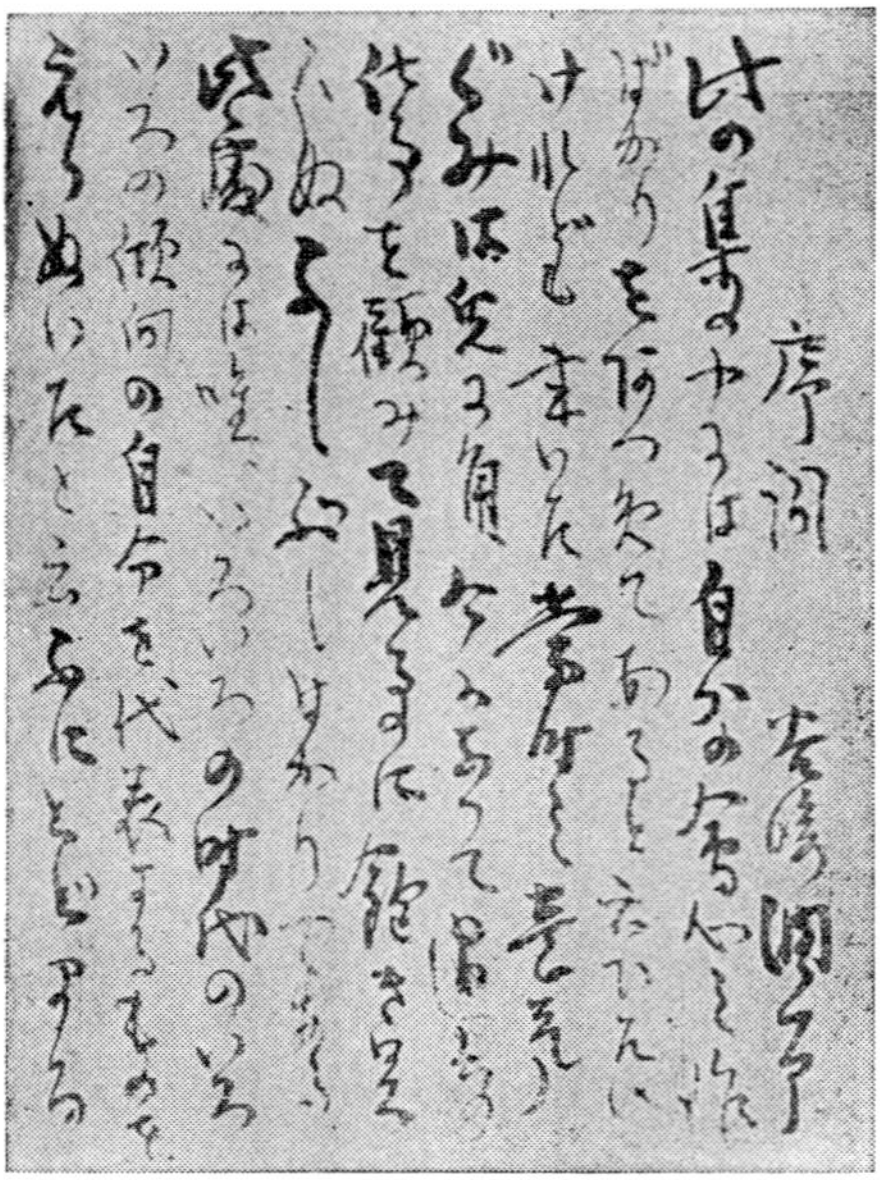
現代日本文学全集（改造社版）の序詞

さて、谷崎も、この円本ブームによって、一挙に裕福になった。そこで、いままで住んでいた岡本の地に、新しく家を建てた。倉作りの外観をもつ、風変わりな家であった。敷地は四百六十坪《つぼ》、土地だけでも、当時の金額にして、四万二千円かかったという。

谷崎はこの家が気に入って、こんな歌をよんでいる。

わが宿は菟原《う》住吉あしや潟《がた》海のながめをみんなみに見る

谷崎と佐藤春夫は絶交をしていたが、ほんのちょっとしたきっかけから、その友情は回復した。一見平和そうに見えるものの、谷崎の妻に対する気持は変わらず、谷崎夫妻は同じ家に住みながら、実際は別居しているようなものであった。佐藤春夫の千代子に対する気持は、さすがに以前ほど熱烈なものではなくなっていたが、春夫も、その間に小田中タミと結婚しており、その夫婦なかがうまく行っていなかったので、自然、春夫と千代子との間の愛情問題は再燃した。

例によって、三人とも積極的に自己主張をしないので、解決に至るまでには、もどかしいほど多くの話しあいと、長い月日を必要としたが、結局、谷崎は夫人を春夫に譲ることにきめ、三人の意志も一致した。そのころ、春夫は、タミとは別れていた。

長い、息ぐるしいような話しあいが、やっと解決したとき、三人は感無量で、それぞれ泣いた。そして、谷崎と春夫は、記念に、つぎのように短冊に寄せ書をしたのである。

つのくにの長柄《ながら》の橋のなかなかに渡りかねたるおもひ川かな　潤一郎
水かれし流れもあるを妹背《いもせ》川深き浅きは問ふなかれゆめ　春夫
世の中は常なきものを妹背川などか淵瀬をいとふべしやは　潤一郎

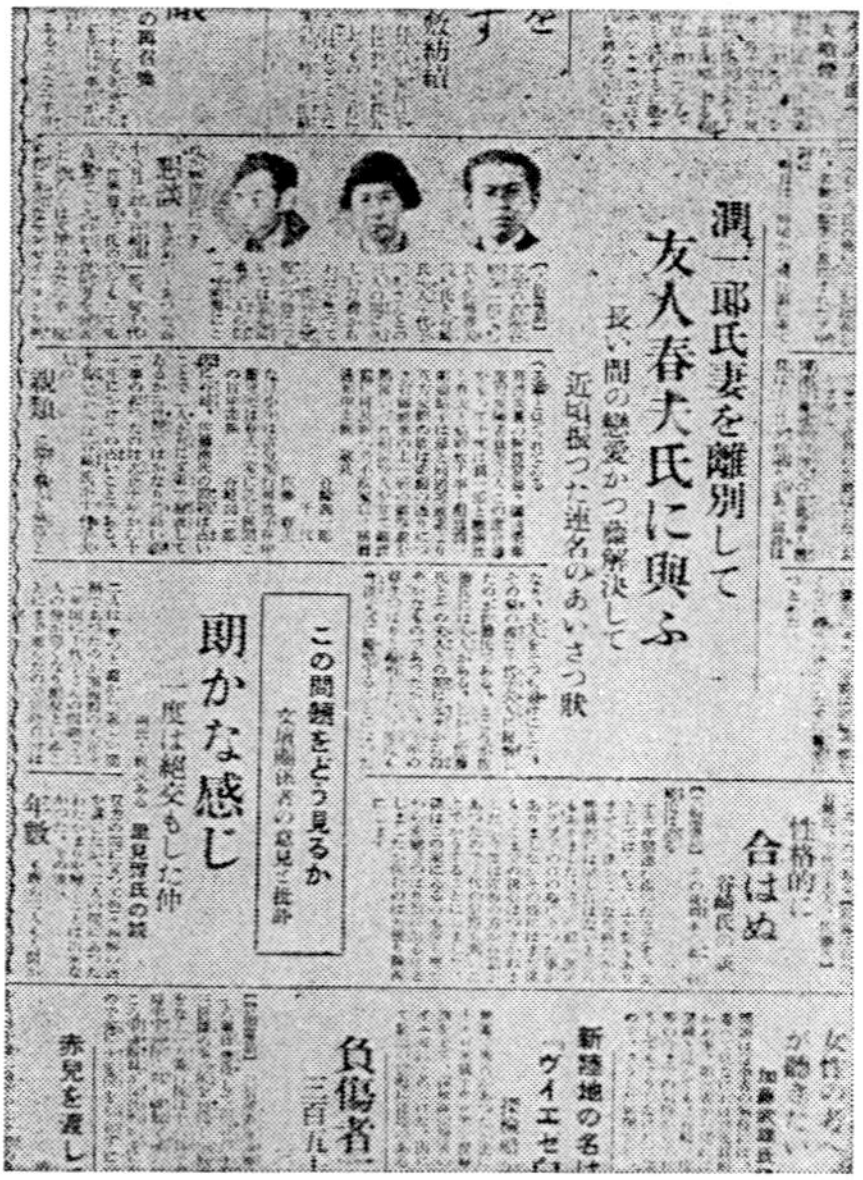
潤一郎氏妻を離別して
友人春夫氏に與ふ
長い間の戀愛かつ縺解決して
近頃振つた連名のあいさつ状
性格的に
合はぬ
この問題をどう見るか
朗かな感じ
一度は絶交もした仲
負傷者

昭和5年8月19日朝日新聞

人妻の双《そう》のたもとは短しやあはれ　春夫

決定のあと、三人は一緒に旅行へ出発し、紀州の故郷へ行く春夫と千代子に別れて、谷崎は途中から一人で家へひきかえした。

このようにして、谷崎は、十六年間考えつづけて来た、千代子との離婚を実現したのであるが、谷崎は、この事件に関して、非常に慎重に行動をしている。現在のように、男女同権の世の中ならまだしも、当時は、世間的には、女性の立場は大変よわかった。谷崎は千代子につらくはあたったけれども、それは芸術家としての谷崎にふさわしくない妻であったためであり、実際、千代子がもうしぶんのない妻であったことは、谷崎もよく知っていた。だから、谷崎は、この事件が世間に知れたとき、当事者たちがだれも傷つかないように、どこまでも心をくばっていた。

娘の鮎《あゆ》子が、もう十五歳になっていたので、谷崎は鮎子の気持も充分に尊重して、鮎子が千代子と一緒に佐藤家で養われるように配慮した。鮎子は小さいときから、春夫には大変なついていたので、そこには問題はなかった。

なにしろ、谷崎も春夫も知名人であるので、問題が外部にもれると、いっせいにジャーナリズムが殺到し、三人はもみくしゃにされるおそれがあった。そこで、事件が解決するまで、一切はごく内密にはこばれた。そしてジャーナリズムの先手をうって、有名な挨拶状が発表されたのである。

「拝啓炎《えん》暑の候《こう》尊堂益々《ますます》御清栄奉賀候陳者《がしたてまつりそうろうのぶれば》我等三人この度《たび》合議をもって千代は潤一郎と離別致《いた》し春夫と結婚致す事と相成《あいなり》潤一郎娘鮎子は母と同居可致《いたすべく》素《もと》より双方交際の儀は従前の通りにつき右御諒《りょう》承の上一層の御厚誼《ぎ》を賜度《たまわりたく》いづれ相当仲人《なこうど》を立て御披露《ひろう》に可及候《およぶべくそうろう》へ共不取敢以寸楮《どもとりあえずすんしょをもって》御通知申上候《もうしあげそうろう》

敬具

昭和五年八月

谷崎潤一郎

千代

佐藤春夫

尚《なお》小生は当分旅行可致《いたすべく》不在中留守《るす》宅は春夫一家に託し候間《そうろうあいだ》この旨《むね》申添候《もうしそえそうろう》

谷崎潤一郎

昭和五年八月十九日の各新聞は、この挨拶状全文とともに、この事件を大きく報道し、あわせて、作家たちの談話を発表した。好意的な感想もあれば、痛烈な非難の記事もあったが、ともかく、この事件の発表によって、世の中が騒然となったことは事実である。

あれほど当事者たちが気をくばったにもかかわらず、やはり千代子はさんざんに攻撃され、まるで、千代子だけが不道徳の実践者であるかのように非難された。鮎子は、それまで聖心女学院に通っていたが、これも世論のあおりを受けて、とうとう退学しなければならなくなった。

同情を受けたのは谷崎だけだった。いずれにしても、周囲があまりに騒がしすぎるので、谷崎はいたたまれない気持であった。

これが、いわゆる「妻君譲渡事件」の経過であるが、この解決に至るまでの心理の動きを、谷崎も春夫も、作品に書いている。谷崎の「神と人との間」、春夫の「この三つのもの」がそれである。また、事件後には、谷崎は、「佐藤春夫に与へて過去半生を語る書」を書き、春夫は、「僕等の結婚—文字通りに読めぬ人には恥あれ—」を書いて、世間の非難に答えた。

潤一郎と佐藤春夫（昭和5年夏紀州勝浦赤島にて）

年代はややさかのぼる。谷崎が円本ブームの収入によって岡本に家を建てたのは、昭和二年のことであった。その新築の家で、谷崎は、「卍《まんじ》」を書いていた。この作品は、谷崎が関西へ移住してから、関西の風俗を描いた、最初の力作であった。谷崎はこの作品を最初は標準語で書き、それをあらためて関西の方言に書きかえるつもりだった。全編が、柿《かき》内園子という関西の女性の告白体になっているので、どうしても標準語では効果がうすかった。

そこで谷崎は、標準語を関西の方言に書きかえるために、大阪女子専門学校の生徒にたのんで、助手になってもらっていた。その助手の同級生の何人かが、ときどき岡本の家に訪ずれて、谷崎の家は、ときならぬ若々しい女性の笑い声でにぎわっていた。

うら若き婦人記者

古川丁未子《とみこ》は、そのグループのなかの一人だった。知的で近代的な容貌の美人であったが、谷崎は当時四十二歳の堂々たる中堅作家であり、丁未子は、わずか二十二歳の小娘であった。そのころの丁未子にとっては、谷崎は、ただ、遠いところにいる、自分とは無関係な有名人にすぎなかった。

彼女たちは英文科の生徒だったので、谷崎は、原稿料を彼女たちに提供するという約束で、ハーディの「グリーブ家のバーバラの話」と、スタンダールの「カストロの尼」を翻訳させ、自身の名で発表した。谷崎の年譜の中に、意外なこの二つの翻訳が含まれているのは、こうした事情によるのである。

丁未子は学校を卒業後、就職先に悩んでいたが、谷崎の世話で、文芸春秋社の記者となることができた。昭和三年の夏ごろのことである。

谷崎は、そのころ、「乱菊物語」の構成をねっていた。この作品は、わざわざ、「大衆小説」と作者みずからがことわって発表されたもので、惜しくも中断されたが、波瀾《らん》万丈の物語で、身辺の生活しか題材にとりあげない日本文壇の作品としては、めずらしくスケールの雄大な小説だった。谷崎はこの作品の舞台となった瀬戸内海を調査してまわったりしている。また、ちょうどこのころ、谷崎は髪の毛を丸刈りにして、よく写真にみられるような、坊主頭になってしまった。

例の妻君譲渡事件の発表があったのは、昭和五年の八月のことだが、その後ジャーナリズムは、谷崎のあとを追いかけまわしていた。谷崎ほどの著名な作家が、あれほど世間を騒がしてまで離婚をしたのだから、きっとかげに新しい女性が存在するにちがいないと、だれもが考えていた。

その年の十二月に、谷崎は、堂々と記者会見をし、求婚七カ条というものを示し、世間を煙にまいたのである。

一、関西の婦人であること。但《ただ》し純京都風の婦人は好まぬ。
二、日本髪も似合ふ人であること。
三、なるべく素人《しろうと》であること。
四、二十五歳以下で、なるべく初婚であること。(丙午《ひのえうま》も可)
五、美人でなくとも手足が綺麗《きれい》であること。
六、財産地位をのぞまない人。

潤一郎と丁未子夫人

七、おとなしく家庭的な婦人であること。

実際、谷崎は、この記者会見のもっと前から、古川丁未子とは交際を始め、折を見て、結婚を申しこもうと考えていた。このように、谷崎には、ジャーナリズムを逆に利用して巧みに演出する才能もあった。

翌昭和六年四月に、谷崎は世間をだしぬいて、古川丁未子と結婚した。古川家は鳥取の旧家で、親もとでは、あらゆる面でふつりあいな娘の結婚に強く反対をしたが、谷崎は強引に押しきってしまった。四年前には、はるかに遠い憧れの的にすぎなかった文壇の大家と結婚ができて、丁未子は夢のような気持だった。

けれども、この結婚は、明らかに失敗であった。丁未子の実家で強く反対をしたのは実は正しかったのである。失敗の理由は、いくつも考えられる。その理由を、いくつか列挙することもできる。しかし、なによりも、当時の谷崎の描こうとしていた作品の傾向と、丁未子のもっている雰囲気《ふんいき》とが、まったく正反対であったことを問題にしなければならないだろう。

谷崎は、関西移住後は、これまでの西洋崇拝から、急激に日本趣味を尊ぶ傾向にうつりつつあった。結婚前の何カ月かは、北陸地方を旅行したり、吉野地方をめぐったりして、古典のふるさとへ関心を寄せ、昭和六年の一月には、その成果である、「吉野葛《くず》」を発表している。丁未子と結婚するとすぐ、二人で高野山へ出かけ、泰雲院という坊へ三カ月もとまって密教を研究し、「盲目物語」、「紀《き》井《い》ノ国ノ狐《きつね》憑ニ漆搔一語《うるしかきにつくものがたり》」、「天狗《ぐ》の骨」などの作品を書いた。

谷崎は、若いころから、芸術生活と実生活の渾《こん》然と一致した生活を夢みていた。初期の悪魔主義といわれた時代には、妖婦型の女性が理想で、その理想にかなったお初と結婚できず、かえって貞淑な千代子と結婚したために、あの不幸な夫婦生活の悲劇をまねいた。その不満のはけ口が、せい子との交渉にあらわれたわけだが、この場合は、現実の方が激しすぎて、作者はとりのこされてしまった。

そうしていま、谷崎は、もっと落ちついた、優雅で古典的な世界へすすもうとしている。だから谷崎の主義からゆけば、現在の谷崎にもっとも必要な女性は、古典的な教養もあり、みやびやかな雰囲気の漂う人でなければならなかった。それであるのに、ちょうどそういう時期に、谷崎が、わざわざ英文科出の近代的なインテリ女性を妻に選んだことが、そもそもの誤りであったのである。

もっとも、この谷崎の第二の結婚が失敗に終わるには、背後に、もっとはっきりした理由があったのである。結婚前の丁未子にとって、谷崎が遠い憧れの的であったと同じように、谷崎には、丁未子と結婚するよりもっと前、千代子と離婚するよりも前から、ひとりの理想の女性がいた。けれども、その女性は人妻でもあり、とても谷崎の手の届きそうもない社会の女性であった。その女性が、最初は遠い幻の存在としてあり、次第に手の届く世界へ近づいてくればくるほど、丁未子の魅力が薄れてくるのは当然のことだった。

谷崎と丁未子との結婚生活は、わずかに満二年ばかりつづいただけで、別居生活が始まり、三年目には離婚となる。そのとき、立ちあい人となったのが、映画俳優の上山草人であった。

丁未子は、のち文芸春秋社の社員、鷲尾《わし》洋三の夫人となり、幸せな生活をおくるようになる。

船場《せんば》の御寮《ごりょん》はん

藤《ふじ》永田造船所の大株主、森田安松には、浅子、松子、信子、重子という、四人の娘があった。次女の松子は、大正十三年に、二十二歳で、根津清太郎と結婚した。根津家は、家号を根津清といい、資産は数百万、二百年もつづいた、大阪でも指おりの木綿《もめん》問屋であった。

船場《せんば》は、伝統のある資産家が軒を並べている一角で、船場育ちといえば、裕福な家庭の子女という連想がすぐわいてくるほどの土地である。松子は、そうした、何ひとつ不自由のない、船場育ちの、あでやかな美人であった。嫁入り衣裳は、特別にあつらえたもので、有名な画家が直接、筆をくだして描いたものだった。しかも、その着つけは、歌舞伎《かぶき》役者の中村吉右衛門《きちえもん》が手ずからしたというから豪華なものである。

結婚してからも、松子は衣裳道楽で、しばしば一流の画家を招いて、自分の衣裳のデザインをさせ、それを着て世間をあっと驚かせていた。画家の中でも、日本画の伊東深水をもっともひいきにしていた。

夫の清太郎も、妻の美しいことが自慢で、あるとき、松子に、祇園《ぎおん》の舞妓《まいこ》の姿をさせて京都へのりこみ、おおぜいの舞妓をあつめて豪遊をしたが、松子の美しさにかなう舞妓はいなかったという。また、清太郎は、文学芸術に理解があり、作家や画家たちのパトロンになり、小出楢重《こいでならしげ》、伊東深水、久米正雄、上山草人花柳《やぎ》章太郎などとつきあっていた。

けれども、かれら夫婦の間は、やがて気まずくなり、夫婦とは名ばかりの状態になっていった。夫の清太郎が、金に糸目をつけずに放蕩をはじめたからである。そのころは、まだ物質的には苦労がなかったけれども、松子の心の中には、いつもぽっかりと大きな穴があいていたのである。

芥川がまだ生きているころ、谷崎は、芥川のひきあわせで、初めて松子にあった。豪華な衣裳を身にまといながらも、決してケバケバしくなく、身についた優雅さとみやびやかな雰囲気を持った、美しい根津夫人の姿は、それ以来、谷崎には忘れられないものとなった。しかし、それは、どこまでも高嶺《ね》の花であった。

千代子と同じ家に住みながらも、別居同様の生活をしていた谷崎の家へ、根津夫人がたずねてくると、谷崎は、自分からあれこれと接待につとめ、下へもおかぬもてなしぶりであった。谷崎が千代子と別れて、古川丁未子と結婚したのちも、根津夫人はしばしば谷崎とあっていた。谷崎が「乱菊物語」を発表しはじめると、その題名の菊にちなんで、菊の花を染めぬいた豪華な着物を着て、谷崎の前へあらわれた。

谷崎の方も、たえず根津夫人の美しいおもかげに悩まされるようになる。「盲目物語」を書いているときも、「武州公祕話《ぶしゆうこうひわ》」を書いているときも、美しい女主人公の姿と根津夫人の姿とが重なって来て、ときには自分でも区別がつかなくなりさえした。

高野山から下山した谷崎は、昭和六年の夏から、根津夫人のまねきに応じて、西宮《にしのみや》の郊外である夙川《しゆくがわ》にあった、根津家の別荘のはなれを借りて住むことになった。根津家は、主人の清太郎の放蕩があまりに激しかったので、そのころ、破産寸前であった。けれども、清太郎も松子も、売り食いをしながら、悠然とくらしていた。そのころの自分の気持について、谷崎は、のちに、こう書いている。文中のM子とは、もちろん松子のことである。

「M子との結婚を発表する以前、人目を避けつゝこっそり逢《あ》ってゐた頃《ころ》から、――いやそれ以前、根津家に出入《でいり》して根津夫人としての彼女と交際を許されてゐた頃から、既《すで》に私の書くものは少しづゝ彼女の影響下にあったに違ひなく、「盲目物語」や「武州公祕話」などにその兆《きざ》しが見える。(中央公論社出版の盲目物語の最初の単行本の題簽《せん》を、私は根津時代の彼女に揮毫《きごう》して貰《もら》ってゐる)だが明瞭《りよう》に彼女を頭の中に置いて書いたのは「芦刈《あしかり》」であった。次いで「春琴《きん》抄」を書いた時にもまだ公然と同棲《せい》してはゐなかった。」

(『雪後庵《あん》夜話』)

「盲目物語」の単行本の口絵に描かれた、淀《よど》君のモデルは松子であった。谷崎の依頼で、北野恒富《つねとみ》が描いたものである。

谷崎は、その根津家の別荘を、「倚松庵《いしようあん》」と名づけていた。「松によりかかっている住まい」というほどの意味であり、実際にも、別荘の庭に松の木は生えていたが、実は、この松には、根津松子の「松」がほのめかしてあったのである。そのころ、谷崎がよんだ歌は、「倚松庵」の意味をよくしめしていると同時に、谷崎の松子に対する気持を、松の木になぞらえて微妙に表わしている。

うつりきてわれはすむなりすみよしのつゝみのまつのつゆしけきもと
けふよりはまつのこかけをたゝたのむみはしたくさのよもきなりけり
あつまなるふるさととほくうつりきてなにはのうらのまつをもるかな　（『倚松庵十首』の内）

かな文字ばかりで理解しにくいと思うので漢字をあてはめて書きなおし、簡単に説明を加えておこう。第一首は、「移り来て吾は住むなり住吉の堤の松の露繁《しげ》き下」である。住吉は大阪地方の古名で、ここでは、根津家の別荘をさす。松は、実際の松の木でもあり、根津松子でもある。露繁き、というのは、松子が不幸な結婚を悲しんで涙にくれていることをさしている。第二首は、「今日よりは松の木蔭をただ頼む身は下草の蓬《よもぎ》なりけり」である。自分は、松の木の下に生えている、よもぎのように、ただ松の木（つまり松子）の庇《ひ》護《ご》を頼むばかりである、という意味である。第三首は、「東《あずま》なる故郷遠く移り来て浪華《なにわ》の浦の松を守《も》るかな」である。東京を遠くはなれて、自分は大阪の松子をまもっているのである、というほどの意味であろう。

谷崎の作った和歌を、これまでに二、三紹介して来たが、いずれも、古今調の歌である。一見古風な歌ぶ

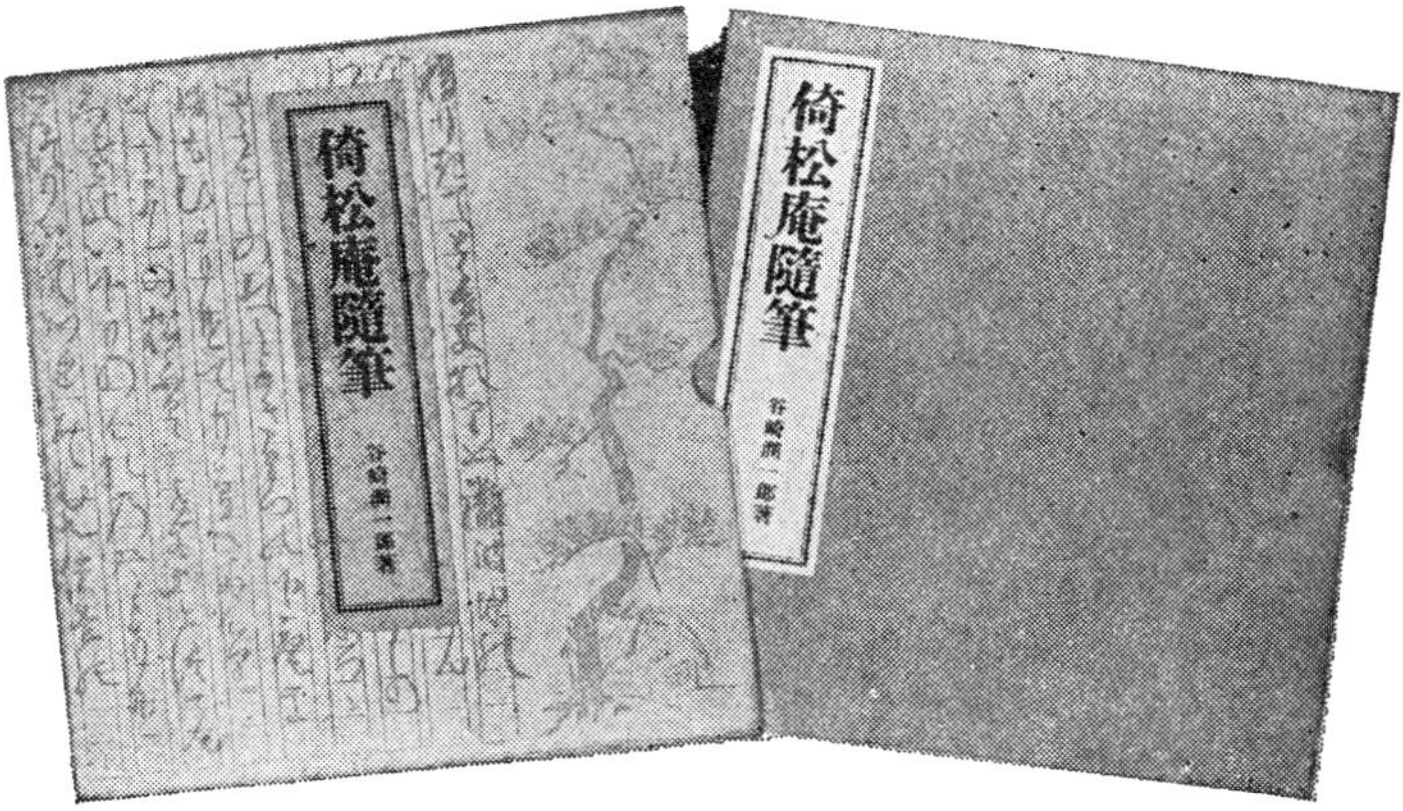

「倚松庵随筆」の初版本

りであるが、よくよむと、なかなか味わいのある歌である。和歌についても、谷崎は一家言をもっていた。「岡本にて」という随筆の中で、「現代の和歌は猫《ねこ》も杓子《しゃくし》も万葉調が流行《はや》りのやうだが、ことさら万葉の訛《なま》りを真似《まね》るのは、素朴《そぼく》なやうであって実は甚《はなは》だ匠《たく》んである気がする。そのくらゐなら技巧を弄《ろう》した古今《きん》や新古今を学ぶ方がまだしも無邪気《むじゃき》ではないのか。」と書き、「元来《がんらい》歌は巧拙《せつ》よりも即吟《ぎん》即興が面白《おもしろ》いので、小便をたれるやうに歌をよんだらいいのである。その点で吉井勇君の作歌は頗《すこぶ》る我が意を得てゐる。実に自然に、なだらかに、少しもたくまずに口をついて出る。うまがったところが全くない。俗なやうで仙《せん》骨がある。あれでなくてはいけない。」と書いている。

さて根津家はついに没落し、豪壮な邸宅も人手に渡り、根津の一家はみすぼらしい家に移って行った。谷崎も、根津家のとなりへ移った。かっての全盛時代の松子のくらしに比べると、そのときの松子のくらしはあまりにもみじめであった。夫からは見はなされ、経済的には生まれてはじめての苦境に立った松子を、谷崎がこれまで以上にいとしく愛していこうと考えたのは、むりもない。

昭和八年五月に、谷崎はついに丁未子と別居した。そしてその翌年、谷崎は松子と同棲《せい》し、丁未子と離婚することとなる。この、谷崎がひとすじに松子を求めつづけていた期間、それは、ある意味ではひどく不安定な悩み多き期間でもあったが、谷崎の文学の上では、みのり豊かな時期でもあった。昭和七年には「芦刈」を、昭和八年には「春琴抄」を書き、名実ともに超一流の大家となり、ひとつの頂点をきわめたのである。「春琴抄」は、昭和文学の中でも最高峰のひとつといわれているが、これほどの傑作は、これからもなかなか現われないだろう。

けれども、谷崎の心の中で、現実の松子の姿が、あるときは「盲目物語」の淀《よど》君となり、あるときは「芦刈」のお遊さまとなり、あるときは「春琴抄」の春琴となって、永遠の美しさをもつ女性として描きだされたことを考えるとき、芸術の力の偉大さを思わずにはいられない。と同時に、生涯かけて女性の美を描きつづけて来た谷崎が、ついにこの境地に達したことを考えると、そこへ到達するまでの谷崎の努力とねばり強さとに驚嘆しないものはないだろう。

円熟、そして精進《しょうじん》

芸術と実生活の一致

昭和十年一月に、谷崎は松子と結婚した。清太郎が、円満に紳《しん》士的に同意してくれたので、めんどうな問題は生じなかった、ただ、清太郎と松子との間に二人の子供がいたが、長男は根津家へ残り、女の子は谷崎家で養育されることとなった。この恵美子は、のちに、観世《かんぜ》栄夫の夫人となる。ついでにのべておくが、谷崎と前夫人千代子との間に生まれた鮎《あゆ》子は、佐藤春夫のおい、竹田龍《りゅう》児と結婚した。

谷崎が松子と結婚をしたとき、谷崎は五十歳、松子は三十歳であった。谷崎がはじめて松子を知ったのは、谷崎が四十一歳の年であったから、思えば長い年月であった。

村松梢《しょう》風は、その「現代作家伝」の第一編に、谷崎潤一郎の伝記を書き、こういっている。

「谷崎のように離婚と結婚で世間を騒がせた者はない。彼が有名な作家だからでもあるが、最初の細君《さいくん》譲渡事件でも、最後の細君譲り受け事件でも、普通の人では容易にやれない事を易々《やすやす》と実行してゐるやうに見える。自分のやりたい放題の事をやって世俗の批判から全く超越してゐるかのやうな印象を与へる。が事実はさうでなく、彼はすべて自我の最大能力を発揮してそれを巧みにジヤアナリズムや社会と調和させることの名人である。これは文学の面でも実生活の面でも同様である。孤独なやうでゐて常に大衆を足下に踏んまへてゐる、横暴で専制的な文学的政治家である。」

この文章は、多少、谷崎に批判的であるが、ここまでの谷崎の生き方を見て来た方は、この梢風の見方をなっとくされることであろう。

谷崎は、若いころから、つねに芸術生活と実生活との一致を夢みて来た。そのさまざまなあらわれについては、これまでのべたとおりである。そして、よわい五十歳にして、谷崎は、とうとうその二つのものの一致をなしとげることができた。松子という、理想の女性を得ることによって、長い谷崎の女性遍歴は、ここに終わりを告げた。

潤一郎と松子夫人

あたりまえの人間なら、このへんで中だるみをしてしまうところである。作品の面では円熟の境地に達し、外部的には地位も名声も獲得し、家庭的には理想の女性を妻とし、どこをとっても満ち足りた生活である。これで慢心をして作品を書かなくなったとしても、決してむりはない。けれども、谷崎は努力家であった。それからあとも、約三十年間、新しい境地を求めて、営々と作品を書きつづけるのである。日本の作家は、概して短命な作家が多い。芥川のように、実際に若いうちに生涯の幕をとじてしまう作家は別として、実際には長命でいても、年をとると作品を書かなくなる作家が多い。たとえ書いたとしても枯淡の境地にはいってしまうか、創作力の衰えを感じる作品しか書けなくなってしまう。そうしたなかで、谷崎のように、五十年の作家生活に、つねに精魂を傾け、たえず前進しつづけていった作家はめずらしい。

谷崎は、結婚した年の七月に、「源氏物語」の現代語訳に着手した。すでに、与謝野晶子《よさのあきこ》の現代語訳などがあったが、谷崎は、なるべく原文のもつ香気をこわさないように訳してみようと考えた。これは大事業であった。途中で、「猫《ねこ》と庄造《しょう》と二人のをんな」を書いただけで、あとは一切の仕事をことわって、満三カ年で完成させた。「時には午前四時五時から午後十一時十二時迄《まで》机に向《むか》ってゐたことも珍《めずら》しくなく、日課とする夕方の散歩の時間、手紙一本書く暇をさへ惜しんだ程《ほど》」のうちこみ方でその訳はなされた。原稿用紙にして、三千三百九十一枚の大部なものになった。谷崎が訳した原稿を、国文学者の山田孝《よし》雄博士のもとへ送り、博士の訂正した朱筆のあとがまっ赤になった原稿を、また谷崎が書きなおす。そうした共同作業によって、この訳は完成し、美しい装幀《てい》で二十六巻の本として出版された。

最初の原稿ができあがる前の年に、日華事変がはじまり、日本は、いつ終わるともわからない戦争へ、深くはまりこんで行った。そんな状況であったので、軍部の圧迫はきびしく、「源氏物語」の構成上、もっとも重要な部分である、光《ひかる》源氏と藤壺《ふじつぼ》の密通事件の条は、皇室に対して不敬にあたるという理由で、削除しなければならなかった。戦争が長びくと、用紙もとぼしくなり、出版ははかどらなかったが、昭和十六年に、最終巻が出版された。その年の十二月八日、日本はとうとう、アメリカに対して、宣戦を布告した。太平洋戦争がはじまった。

戦争と「細雪《ささめゆき》」

昭和十八年は、戦争が、次第に連合国側の有利に傾きつつある年だった。二月には、日本軍はガダルカナルを撤退し、ドイツ軍はスターリングラードで敗れた。

そのようなころ、一月から、「細雪」が、『中央公論』に連載されはじめていた。一月号のつぎは四月号に、そのつぎは七月号に掲載される予定であった。しかし、次第に戦局が不利になりつつあったそのころ、軍部は国民の一挙一動にも厳重な監視の眼をむけていた。戦意を昂揚《こう》させる文学、戦争に協力する文学であれば、無条件に歓迎されたが、「細雪」のように、平和な時代のブルジョワ社会の風俗を描いた文学を、軍部が黙ってみているはずはなかった。そのため、七月号に掲載される予定の続編は、ついに日の目を見ずにおわった。谷崎は、このようにして、創作家の自由な活動が権威の力によって圧迫されることに、抵抗を感じていた。そして、おおやけに発表さえしなければよいというので原稿は書きつづけ、上巻だけをひそかに印刷して、知人友人の間にくばろうとしたが、早速事情をかぎつけた刑事が谷崎の家へやって来て、今回は見のがすが、今後は許さないとおどしたこともあった。

昭和十九年になると、一月に疎開命令が出た。大都市は空襲のおそれがあるので、都市の人口をなるべく地方へ分散しようとしたのである。阪神地方はとくに危険だったので、四月にいったん谷崎は熱海《あたみ》へ移った。そこで、「細雪」の中巻が書きつづけられた。熱海疎開当時の、谷崎の歌がある。

家人街《けにんまち》にいでゝ花を購《あがな》ひ来《きた》る、何といふ花ぞと
問へばこれなん都わすれといふなりときゝて
花の名は都わすれと聞くからに身によそへてぞ侘《わ》びしかりける

この三月に、谷崎は、東京の麻布《あざぶ》にあった、永井荷風のやしき、偏奇館を訪ねている。谷崎が文壇へ出るきっかけを作ってくれた恩人の家を、谷崎が訪問したのは、これがはじめてであった。そのとき、荷風は六十九歳、谷崎は五十九歳であつた。この偏奇館も、翌年の三月九日夜の大空襲に、あとかたもなく焼失してしまった。

昭和二十年の、その三月大空襲のあと、谷崎は全土焼け野原となった東京へ行き、偕楽園《かいらくえん》の笹沼《ささ》一家が無事だったことを知った。五月には、岡山県津山へ疎開し、七月には勝山町へうつった。八月十三日、やはりその地方へ疎開していた荷風と谷崎は再会した。荷風は、当時発表できずにいた、「踊子《おどりこ》」、「ひとりごと」などの原稿を谷崎に託した。これらの作品は、谷崎の「細雪」と同様に、敗戦後ただちに出版されて、世評の高かったものである。荷風といい、谷崎といい、どちらも、文壇登場以来、生涯を通じて反自然主義の作風

をつらぬき、しかも文壇づきあいをあまり好まなかった二人の作家が、老大家となってからの無言の抵抗の姿が、ここにみられる。若いころは、生来のはにかみから、尊敬する先輩の荷風には近づけなかった谷崎だったが、こうして戦争が二人をめぐりあわせたということは、思えば不思議な運命のいたずらであった。そして、敗戦の日を、谷崎は勝山町の疎開先でむかえた。

「細雪」は、このようにして、太平洋戦争中の、あわただしい騒ぎをよそに、少しずつ書きつがれ、戦後になって完成し、ようやく出版されたものである。「戦争という嵐《あらし》に吹きこめられて徒然《つれずれ》に日を送ることがなかったならば、六年もの間一つの作品に打ち込むこともむづかしかったかも知れなかった」と、谷崎自身が回顧しているのは、一面においては、たしかにそうであろう。けれども、いかなる時代であろうとも、外部の濁流におしながされず、節をまげず、ねばりづよく自分の仕事をつづけて行く、強烈な谷崎の個性があったからこそ、「細雪」という名作は誕生したのである。

潺湲亭《せんかんてい》その他

谷崎は、戦後ただちに上京し、昭和二十一年の五月には京都へ移った。十一月には、南禅寺の近くにあった家を買い、潺湲《せんかん》亭と名づけた。

わが庵《いお》は永観堂の西二丁若王子《ちょうにゃくおうじ》みち白川の岸

「潺湲亭」の入口

窓の外に白川の流れの音が聞こえるこの家を、谷崎は買う前からすっかり気に入っていた。住まないうちに、川の流れの音から、「潺湲亭」という名称も考え、右の歌を作ったほどのほれこみ様だった。かつてこの近くに、上田秋成や香川景樹《かげき》や売茶翁《ばいさおう》などの文人墨《ぼく》客が住んでいたということも、この地へ谷崎をひきつけた理由のひとつである。

「細雪」の出版により、谷崎文学の人気は全国民的なものとなった。昭和二十二年には、毎日出版文化賞を、昭和二十四年には、朝日文化賞を与えられ、同じ年、文化勲章を授与された。吉井勇、川田順などとともに、昭和二十二年と二十四年の二度にわたり、天皇のおまねきを受け、よもやまの話をした。最初の招待のあとで、谷崎は日記に、「陛下も御機《き》嫌《げん》よく興深げにお聴《き》き下されしは望外の首尾なりき」と記《しる》した。潺湲亭における四年間は、このようにして栄誉の喜びにつつまれたものであった。

しかし、せっかく落ちついたと思われた京都の住まいも、健康上の理由から捨てられ、谷崎は、昭和二十五年には熱海《あたみ》へ移り、これを雪後庵と名づけた。「細雪」の出版後にうつった家であるために、雪後と命名したのである。

文学者としては、すでに最高の名声をかちえた谷崎は、高血圧になやまされながらも、孜々《しし》として、その精進《しょうじん》をおこたらなかった。昭和二十四年末からは、「少将滋幹《しげもと》の母」を発表し、昭和二十六年から二十九年へかけて、「源氏物語」の新訳を完成した。その年には、熱海市の伊豆《いず》山へ移って、ここを、後の雪後庵と称した。

昭和三十一年には、七十一歳で、「鍵《かぎ》」を発表した。大胆な性の描写で社会的にも問題となり、議会でもとりあげられるほどであったが、これは、老いてますます文学の世界に野心を燃やす谷崎の、新しい実験小説であった。

谷崎は、若いころから、非常に力を入れて文字を書く癖があった。そのためであろうか、中国では、「書痙《けい》」といわれている病気にかかった。右手では筆記用具を持てなくなったのである。一度は、それかぎり執筆するのを止めようかと悩んだが、旺《おう》盛な創作欲は、谷崎に筆を断《た》つことを許さなかった。昭和三十四年の「夢の浮橋」以後の作品は、すべて口述筆記によって生み出されたものである。「瘋癲《ふうてん》老人日記」、「台所太平記」と、その後も谷崎の創作力は、いっこうに衰えを見せなかった。惜しくも、授賞はされなかったが、日本人最初のノーベル文学賞の第一候補にも選ばれ、東洋人でははじめて、全米芸術院・米国文学芸術アカデミーの名誉会員にも推《お》された。さらに、「源氏物語」の、これで三度目の改訳を行うなど、その活躍ぶりは、とても八十歳に近い老大家の仕事とは思えないほど、つねに張りと野心とに満ちたものであった。

空寂

昭和四十年の七月末、毎日あつい日がつづいていた。七月二十九日には、その暑さに狂ったのか、東京の渋谷《しぶや》でライフル魔事件があり、新聞紙上をにぎわしていた。

その翌日、七月三十日の午前七時三十五分、谷崎潤一郎は神奈《かな》川県湯河原《ゆがわら》町の新居で、しずかに息をひきとった。七十九歳であった。

その日の夕刊は、それぞれ谷崎の死を大きくとりあつかっていた。朝日新聞には、「江戸っ子文豪の死　谷崎氏眠るように」という見出しで、丹羽《にわ》文雄、志賀直哉《なおや》、広津和郎《かずお》、大仏《おさらぎ》次郎、今《こん》東光の諸作家の記事や談話が発表されていた。七月三十一日の毎日新聞には、つぎのような記事がのっている。

文豪・谷崎氏の死
直前まで文学への情熱
「もっと書きたい」
うわごとにも小説のこと
谷崎潤一郎氏を悼む

昭和40年７月30日毎日新聞

「机の上に残されたノートのメモは、谷崎氏がつぎの小説の構想をねっていたことを物語っている。お手伝いさんにも「新しい小説を書くため、仏典を調べたいから資料を整えてくれ」と頼んでいた。死の前夜、谷崎氏は意識を回復すると、起きあがって「これから小説を書かなければならない」といったという（嶋《しま》中氏の話）。うわごとにも「小説を……」とよくいっていた。」

病名は腎《じん》不全と心不全であった。この新居は、「湘碧《しょうへき》山房」と名づけられていた。『中央公論』九月号の「七十九才の春」と、『婦人公論』九月号の「にくまれ口」が絶筆となった。

　このようにして、明治・大正・昭和三代にわたる文豪は、しずかに世を去ったのである。名声にうむことなく、つねに若々しい野心を燃やして前進し、死の直前まで小説のことを忘れなかった谷崎の生涯は、まことに尊いものといわなければならない。

潤一郎の墓（京都法然院内）

　墓は、二年前に、谷崎自身の手によって建てられていた。京都の法然《ねん》院にあるその墓は、高さ七十センチほどの鞍馬《くらま》石の自然石で、二つ並んで立っている。一方には、「空」の一字が、もう一方には、「寂」の一字が彫ってある。「寂」の方が谷崎の墓で、もうひとつは親類の墓だという。谷崎の墓の裏側には、生前に与えられた戒名が彫られている。いわく、「安楽寿院功誉文林徳潤居士」と。しかし、今東光は、自分が考えた戒名の方がもっと谷崎にふさわしいといっている。それは、「文徳院殿巨然潤朗大居士」というのである。

第二編 作品と解説

谷崎潤一郎の作家活動は、五十年以上にわたっている。執筆の速度は遅い方であったが、その間、うまずたゆまず谷崎が生み出した作品の量は非常に多い。初期の作品には、さすがにむらが多いが、中期以後の作品には、失敗作はごく少ない。どれも粒よりの作品ばかりである。したがって、そのなかから数編を選ぶというのはむずかしい。ここにとり上げた作品以外にも、いくつもすぐれた作品があることを一応おことわりしておいて、何編かの解説をしてみよう。

「刺青」

出世作　生涯編にもふれたように、谷崎は、この作品を書いたことによって一躍文壇へおどり出た。その意味では、記念すべき作品である。もっとも、これは発表順からいうならば、第一作ではない。『新思潮』に発表した最初の作品は、戯曲「誕生」であり、この「刺青」は第三作となっている。しかし、谷崎自身の言葉によれば、実際には「誕生」よりも「刺青」の方が先に書かれていた。だから、この作品は、出世作であると同時に処女作でもあるわけである。

谷崎が、この作品の掲載されている雑誌を、崇拝する永井荷風に、おずおずと手渡ししたことは、生涯編で読まれたとおりである。その荷風が、翌年の『三田文学』十一月号に、「谷崎潤一郎氏の作品」という一文を書き、その徹底的な賞賛の言葉によって、谷崎が文壇に登場できたということも、さきにのべたとおりである。

荷風の評価は、その後の谷崎の大部分の作品にもあてはまるほど、谷崎文学の本質にせまったものであったが、また、一面においては、長所ばかりをほめ上げたというものでもあった。

その荷風の評の不備を指摘するかのごとく、明治四十五年の『文章世界』三月号に、小宮豊隆が、「『刺青』―谷崎潤一郎作―」という批評を発表した。「刺青」には、異常で肉感的な題材は描かれてはいるものの、それが表面だけにとどまって、もうひとつ人間精神の奥底まで掘りさげていない。デカダンとはいっても、あまりにも陽気すぎ、現世的すぎると批判した。また、文章についても、その完成された巧みさは認めながらも、その底にしみじみとした味わいのない点を非難した。

この小宮豊隆の批評とさきの荷風の評とは、ほぼ極端なほど反対の意見に分かれているが、「刺青」の長所と欠点を、どちらも的確についている。

『刺青』のあらすじ

江戸の町人文化が爛《らん》熟しきったころのことである。清吉という刺青師《いれずみ》がいた。そのころは、男女をとわず、ありとあらゆる階級の人びとが、刺青に熱中していた。したがって、刺青師も繁昌《じょう》していたが、清吉は、そのなかでも名手といわれたほどの、天才肌《はだ》の刺青師であった。名人にありがちの気むずかしさであるが、清吉は自分の気に入った肌と骨格の持ち主にでなければ、刺青をほろうとしなかった。

刺青をほられるものは、激しい苦痛を耐えしのばなければならない。自分が刺青をほっている客が、痛さに耐えかねて、思わずうめき声を上げるのを見ては、清吉は心ひそかに楽しんでいた。

清吉には一生の念願があった。自分の理想にかなった美しい女の肌に、生命をかけて、心ゆくばかりの刺青をほってみたい。もし、その願いが達せられるなら、自分はどうなってもよいとさえ思っていた。だが、理想の女はなかなか現われなかった。月日はたった。

四年目のある日、清吉は、ふと通りかかった道端で、駕籠《かご》からちらりとのぞいている女の足を見た。これこそ自分がさがしもとめていた女だと、清吉は直感した。しかし、駕籠のゆくえは、見うしなってしまった。

五年目の晩春のある日、深川の芸者から、羽織の裏地へ絵を描いてもらうようにとの用事をたのまれて、若い娘がたずねて来た。まだ十六、七の小娘であるのに、その顔を見ると、何十人の男をもてあそんだ年増《としま》の女が持つような、すごい美しさが備わっていた。容貌はともかくとしても、清吉にはその足に覚えがあった。去年、駕籠からのぞいていたのはたしかにこの足である。たしかめてみると同じ女だった。

帰るという娘に、よいものを見せようといって清吉は二階へ上げ、二巻の巻物を見せた。一巻は古い中国の物語を描いたものであった。暴君の妃《きさき》のいけにえとなった男たちが、残酷な刑罰に苦しんでいる姿を、残忍な笑いを浮かべて妃が見物していた。もう一巻は、「肥料」という絵であった。若い女が桜の木の下で、やはり犠牲者の男たちの死骸を、満足そうにほほえみながら眺《なが》めていた。

娘はこの画を見て、そのおそろしさに顔をそむけようとしたが、清吉は、その娘の本心を見ぬいていた。やはり、娘は告白した。自分にも、この画の中の女のように、残忍な心がひそんでいると。清吉はほくそえんで、娘に麻睡剤をかがせた。

清吉は無心に眠りつづける娘の肌に、魂をこめて刺青をほり出した。その日が暮れ、夜になっても清吉はほりつづけた。やがて夜が明けたころ、清吉の生命をかけた刺青は完成した。それは巨大な女郎ぐもの姿だった。

「己《おれ》は、お前をほんたうの美しい女にする為《た》めに、刺青の中へ己の魂をうち込んだのだ、もう今からは日本国中に、お前に優《まさ》る女は居《い》ない。お前はもう今迄《まで》のやうな臆病な心は持つて居ないのだ。男と云《い》ふ男は、皆なお前の肥料《こやし》になるのだ。……」

清吉は、うつろな心を抱きながら、そういった。

眼をさました娘は、不思議なことに、もうもとの小娘ではなかった。清吉の魂をうちこまれた女は、残忍な心をもつ美しい女に変わっていた。まっ先に女の肥料となるのは、皮肉なことに清吉自身だったのである。

母を恋ふる記

谷崎の母が、若いころは町内でも評判の美人だったことは、生涯編の中でくわしくのべた。その母が死んだのは、谷崎が三十一歳の年であった。この作品は、その母の死後二年目の一月に、『東京日日新聞』に発表された。

母性思慕

母性思慕は、谷崎の多くの作品のモティーフとなっている。この作品が書かれるまでにも、「十五夜物語」や「ハッサン・カンの妖《よう》術」などに、その試作的な描写が見られるが、全面的に母性思慕をとりあげて一編の作品としたのは、これが初めてのものである。その後も、さまざまな形で、この母性思慕のモティーフが、いくつかの作品にあらわれるが、この作品ほどまっ正面からあつかったものはない。おそらく、母の死から受けた現実の悲しみを、二年間心の中でかみしめていた谷崎が、充分に詩の世界にまで発酵するのを待って、書き上げた作品であろう。

描かれている場面も、描かれている母の姿も、まったく架空のものである。しかし、ここに描かれている「私」の心は真実である。作者自身も、作品の最後に、これは夢であるとことわっているが、夢を見ている作者の心が、あまりにも真実なので、読者にも単なる絵空事《えそらごと》とは思えず、あたかも現実に起こった出来事であるかのように感じられ、すなおに「私」の心と一体化できるのである。

『母を恋ふる記』のあらすじ

「……空はどんよりと曇つて居《い》るけれど、月は深い雲の奥に呑《の》まれては居るけれど、それでも何処《どこ》からか光が洩《も》れて来るのであらう、外《と》の面《も》は白白と明るくなつて居るのである。」

そんな、やみ夜とも月夜ともつかない晩である。前方に、まっ白な道がどこまでもつづいている。その道の両側に、これもどこまでも、松並木がつづいている。左手から潮の香をふくんだ風が吹いて来るので、松がざわざわと鳴っている。そのうち、波の音が聞こえてくる。その白い道を、「私」はたった一人で、とぼとぼと歩いている。「私」の胸は、理由のない悲しみで満たされている。「私」は、まだ七つか八つの少年なのである。

「私」は、松並木と平行して並んでいる、電柱の数をかぞえながら歩く。一本、二本、三本……そして、七十本目を数えたころ、前方に灯を見る。その灯の下までたどりついてみると、それはアーク灯であった。その先のうすくらがりの中に、白いヒラヒラしたものが動いている。「私」は、ぞっとしながらみつめると、あたり一面は古い沼で、そのヒラヒラしたものは、枯れたハスの葉なのであった。

前方に、やっと人家の灯らしいものを見つける。「私」は、きっとその家に、お母《かあ》さんがいて、くらやみの恐しさにおびえている自分を、やさしくいたわってくれるものと思いこむ。その家は、近づいてみるとうす汚い百姓家で、勝手口からみそ汁の匂いと、さんまを焼く匂いがしてくる。早くそこへ行って、お母さんと夕飯を食べようと「私」は思う。

お母さんがいた。火吹竹でしきりにかまどの火を吹いている。ぼろぼろの着物を着てむこうを向いている。昔はなにひとつ不自由のない暮しで、自分では炊事をしたこともなかったお母さんなのに、お気のどくに、そう「私」は思う。「お母さん、お母さん、私ですよ、潤一が帰って来たんですよ。」と「私」は声をかける。

ところが、ふりむいた人は、お母さんではなかった。お母さんとは似ても似つかない、お婆《ばあ》さんだった。お前など見たこともないという。それでは、私のお母さんはどこにいるのだろう……。

そのお婆さんは、「私」がごはんを食べさせて下さいと頼んだのに、さもにくらしそうにことわる。「まあお前は厭《いや》な児《こ》だ。内の台所のお鍋《なべ》の中にまで眼を付《つ》けてゐるなんて、ほんたうに厭な児だ。……」などといって相手にもしてくれない。「私」は、しかたなく、また暗い夜道を歩き出す。

いつの間にか海へむかっていたらしい。足もとが砂地になる。そして一瞬、前方に月が見える。海上に月が出たのだ。「私」は海岸へ出た。なんという神秘的な光景だろうか。月の光がさしている部分を中心にして、海が青白くもり上がっているように見える。

すると、はるかかなたから、不思議なものの音が聞こえて来た。

「天ぷら喰《く》ひたい、天ぷら喰ひたい。……」

それは、そのように聞こえる。三味《きみ》線の音のようである。

それからどれほど長い時間がたったかわからない。「私」は、その三味線の主を見つけた。編笠をかぶって三味線をひきながら歩いている、若い女である。うしろ姿しか見えないが、襟《えり》あしも手首もまっ白である。あんまり白いので、「私」はきつねが化けたのではないかと思う。

おそるおそる近づいて、「私」はその女の顔をのぞく。それは、まったく美しい人だった。ぞくぞくするほど美しかった。「私」は、その人を姉《ねえ》さんとよびたかったけれど、よびようがないので、「おばさん」とよぶ。

女は泣いている。涙をこぼしながら、三味線をひいている。「私」も泣いてしまう。「私」は女に、姉さんとよばせてくれという。どうしてそんなことをいうのか、そういわれると悲しくなる、と女はいう。

「それぢや何《なん》と云《い》つたらいいんです。」「何《なん》と云《い》ふつて、お前は私を忘れたのかい? 私はお前のお母様ぢやないか。」

「私」はいぶかしく思いながら、それが母であることを信じた。母は「私」を抱きしめた。「私」もしっかり抱きついた。母のふところには、なつかしい乳の匂いがこもっていた。

○

「私」は、ここで夢からさめる。現実の「私」は三十四歳で、母は一昨年なくなっている。しかし、「私」には、いまでも、あの、「天ぷら喰《く》ひたい、天ぷら喰ひたい。……」という三味線の音が聞こえているのである。

空想と現実

この作品の舞台も、母の姿も、すべて架空のものであることは初めにのべた。けれども、佐藤春夫が、「潤一郎は作の全部では事実を述べないが、細部では事実をそのまま用ひてゐる事がよくある。」といっているように、この作品でも、事実が巧みに空想と織りまぜてある。作品の美しい幻想をぶちこわすようで、いささか興ざめではあるが、多少その点にふれておこう。

作品の最初の方に、自分は臆病な子であったから、一人で夜道は歩けなかったとか、急に一家が悲運にみまわれて貧しくなったとか書かれているのは、事実である。生涯編にのべたとおりである。また、そのつぎに書かれている、幼な友だちの名前も事実である。

また、この作品で、もっとも印象にのこる、「天ぷら喰《く》ひたい……」という三味線の音については、谷崎自身が、のちの回想記である「幼少時代」のなかで、事実そのように乳母《うば》から教えられたと語っている。

百姓家にいたお婆さんと、若い女としての幻想的な母の姿とは、はなはだ対照的である。これはどちらも空想の産物ではあるが、若い女の方の母の姿は、実際の母親の若かったころの姿を理想化したものであろう。一方、お婆さんの方の姿は、没落してから、神田の裏長屋で苦労していたころの、いたましい母親の姿を、こんな形で描いたのだろう。谷崎の脳裏にある母親の姿は、いつまでも若くて美しい女であったので、現実のやつれた年をとった母親の姿を、作中でにくんだというわけである。

「痴人の愛」

大正十二年九月一日、関東大震災が起こり、東京は全滅した。このとき谷崎は箱根にいたため、災難はまぬがれたが、それを機会に関西へ移住することとなる。移住後、翌大正十三年三月から大阪朝日新聞に連載しはじめたのが、この作品である。その後、続編を、同年、『女性』十一月号から連載し、翌々年の大正十四年の七月号で完結した。単行本の『痴人の愛』が改造社から出版されたのは、同年七月である。

西洋との決別

大正七年に第一次世界大戦が終わったが、そのころから昭和の初めへかけて、日本へどっと西洋文化がおしよせて来た。ジャズやダンスや活動写真といった、新しい文化の匂いのするものが、恐しい勢いで流行しはじめた。そうした流行に谷崎もかぶれ、わざわざ住いを横浜にうつしたり、自分から活動写真を製作したりしたことは、生涯編にみられるとおりである。

しかし、谷崎は心の底から西洋文化に酔いしれていたわけではなかった。谷崎の心の中では、つねに東洋と西洋とがはかりにかけられてゆれていた。それが、震災を契機として、一気に、東洋的なもの、というよりは、日本的なものへと傾斜してゆくのである。中村光夫が、その『谷崎潤一郎論』のなかで、この作品を、「西洋からうけた影響の総決算」とよんでいるのは、そういう意味である。

『痴人の愛』のあらすじ

河口譲治は、二十八歳になる独身の電気技師である。「質素で、真面目《まじめ》で、あんまり曲がなさ過ぎるほど凡庸で、何《なん》の不平も不満もなく日々の仕事を勤めてゐる」「模範的なサラリー・マン」であった。あまりにまじめなので、会社では「君子《くんし》」といわれていたほどの男である。それに、宇都宮《うつのみや》生まれのいなか者で、人づきあいも悪く、その歳《とし》になるまで、異性と交際した経験は一度もなかった。

その歳になるまで、かれが結婚をしなかったのは、経済的な事情からでもなく、また、かれが女ぎらいであったわけでもなかった。かれには一応の財産もあり、給料も少ないほうではなかった。ひとよりは、いくらか小男ではあったが、そうみにくい顔だちでもなかった。

ただ、かれには、結婚というものに、ひとつの夢があったのである。そのころ世間一般に行なわれていたような見合い結婚という形式には、どうしてもなっとくがゆかなかった。まだ世の中を何も知らないほどの年ごろの娘を手もとに引きとって、妻としてはずかしくないほどの教育と作法を身につけてやり、ある年齢に達したときに、おたがいが好きあっていたら夫婦になる――そうした形式の結婚を、かれは考えていた。だから、かれは、その年になるまで独身でいたのである。

ところが、不思議な運命のめぐりあわせで、かれは、うってつけの女性を知ることができた。かれが、たまたま、浅草の「カフェエ・ダイヤモンド」という店へはいると、女給の見習いをしている小娘がいた。なんとなくひかれるものを感じて、かれはしばしばその店に通い、その小娘と話をするようになった。歳はまだ十五歳で、奈緒美《なおみ》という名前だった。かれは、まずその名前が気に入った。まるで西洋人の名前のようだと思った。そういえば、彼女の顔だちは、当時評判だった、アメリカの活動写真の女優の、メリー・ピクフォードに似ている。どことなく混血児のような容貌である。

ナオミの、そのようなところを気に入ったかれは、だんだんと熱心になる。そして、とうとう、ナオミを自分の家に引きとることにする。そのころのナオミは、かれが何をいっても無口で、沈んだところのある、あまり血色もよくない娘だった。

引きとるといっても、ナオミの両親の承諾を得るのが当然だったので、かれは、ナオミの実家をたずねてみる。反対されるかと思っていたところ、それどころではなかった。貧しいナオミの実家では、ナオミを引きとってくれる人があることを、むしろ歓迎しているくらいだった。

ナオミとの二人ぐらしをするには、今までの下宿ではまずいので、かれは、休日や退社後の時間を利用して、二人でかし家をさがし歩いた。やっと見つかったのは、大森の駅近くにあった洋館だった。外見と内部がいくらか西洋風のたて方である、安っぽい建築を、当時は「文化住宅」とよんでいたが、かれらが住むことにしたのは、その「文化住宅」であった。

赤いスレートの屋根、白い壁、ポーチの前の小さな庭——安っぽくはあっても、いかにもおとぎ話の中に出てくるような家を、ナオミは、すっかり気に入ってしまった。家賃も安かったので、二人の住む家はそこにきまった。

カーテンをつり、ソファや安楽いすやテーブルをおき、室内を洋風にかざってから、二人の、まるでママゴト遊びのような生活が始まった。二人は、「友達のやうに」くらそうというのが、最初の申しあわせだった。二人は別々の部屋に寝る。朝になると、つぎのような会話で一日がはじまる。

「ナオミちゃん、もう起きたかい」

「えゝ、起きてるわ、今もう何時?」

「六時半だよ、――今朝《けさ》は僕《ぼく》がおまんまを炊《た》いてあげようか」

「さう? 昨日《きのう》あたしが炊いたんだから、今日《きょう》は譲治さんが炊いてもいゝわ」

「ぢゃ仕方がない、炊いてやらうか。面倒だからそれともパンで済ましとかうか」

「えゝ、いゝわ、だけど譲治さんは随分ずるいわ」

朝飯がすむと、かれは会社へ出かける。家に残ったナオミは、午前中は庭の草花をいじったりしている。そして、午後は、一日おきに、英会話と音楽を習いに出かける。そうした稽古ごとをするというのも、最初からの約束だった。そのようにして、だんだん教養を身につけて、ゆくゆくはどこへ出ても恥ずかしくないレディーにしたてたいと、かれは計画していたのである。

かれが会社から帰ってくると晩飯になるが、自分たちで作るのがめんどうなときは、店からとり寄せたり、外食しに行ったりした。休みの日は二人で活動写真を見に行ったり、家の中で鬼ごっこをしたりする……そんな毎日がつづいた。

○

ところが、かれの期待は次第にうらぎられていった。せっかく英語を習いに行っても、中学一年生程度の文法もわからないらしかった。行儀もわるく、脱いだ着物や服は部屋中にちらかしっぱなし、汚れたものを洗おうともせず、食事のあと片づけもしなかった。それに、見さかいのない浪費家で、着物やはきものを何十となく買っては、すぐにあきてしまい、そこらに投げ出しておくのである。

かれがナオミの欠点を正そうとすると、ナオミは泣いたりすねたりして、結局のところ最後にはかれの方があやまらされるのである。

そんなある日、かれが早く家に帰ってみると、玄関のところで、ナオミが若い男と立ち話をしているのにぶつかった。若い男はこそこそと帰って行った。かれは嫉妬《しっと》の情にかられ、ナオミに問いただすが、ナオミは否定する。あれは浜田という学生で、ダンスにさそいに来たのだという。

それは、社交ダンスが日本でも初めて流行しだしたころだった。かれは、かえってナオミにせがまれて、ダンスの稽古に通うことになる。

いよいよ、本物のダンス・ホールへ二人で出かけると、かれは自分が全く場違いなのを感じる。異様な風俗をした女や外人や学生などがおどっている中で、かれは一人仲間はずれになったようである。ナオミは生生とはしゃいでいる。何よりも驚いたのは、ナオミの顔が広いことだった。熊谷《くまがい》政次郎、通称まあちゃんという学生を初めとして、友人のようになれなれしくつきあっているものが何人もいるらしい。

そのうちに、悪いうわさが、かれの耳にはいって来た。ナオミが何人もの男性のなぐさみものになっているというのである。かれは激しい嫉妬の思いをおしころしながらも、ナオミに釈明を要求するが、ナオミはこともなげに否定するのである。

以前にも二人きりで鎌倉《かまくら》へ遊びに行ったが、その夏も海水浴に行きたいとナオミがいうので、かれも承知する。あるひとの世話で、間がりができるからといって、ナオミがひとりできめてしまい、夏の間はそこに住んで、かれはそこから東京の会社へ通うことにする。

海岸へ行くと、偶然のようにして、熊谷など、例のダンスで知りあった学生が四人、海水浴に来ている。疑いを抱きつつも、学生たちがあまりにこだわりがないので、かれもナオミの言葉を信じて、うわさを忘れている。

しかし、ある晩、かれが勤めから帰ってくると、ナオミがいない。家主にきいてみると、こうして家を明けるのは、今日だけのことではないという。毎晩のように、例の学生たちと遊んでいるという。まっ暗な気持になったかれは、海岸へナオミをさがしに行く。ナオミはぐでんぐでんに酔って、例の学生たちに囲まれて騒いでいた。かれはナオミをどなりつけた。ナオミは黒いマントをはおっていたが、その下には何もつけていなかったのである。

かれは本当に怒って、いっさい例の学生とのつきあいを禁じ、ナオミの服装をすべて家主の家にはこび、ナオミが外出できないようにした。

東京の家へもどって、手紙でもあれば、ナオミがかれをあざむいていた証拠をつかめると、かれは、しばらく空家《あきや》にしておいた家へ行ってみる。すると、これも意外なことに、その家の中に、浜田がいたではないか。浜田は、午前中、そこで、何度かナオミと密会していたのだという。もうすべてがわかってしまったかれに、浜田は悪びれずに告白した。

浜田の話によると、ナオミは、浜田をもあざむいて、例の学生たち全部とも、ねんごろなつきあいをしていたのだという。人のよいかれは、実際には浜田にもあざむかれていたのに、同じような被害者意識から、浜田と酒をくみかわしながら、かえって浜田が好きになってくるのを感じるのだった。

○

東京の家へ帰ってから、しばらくおとなしくしていたナオミが、また、熊谷と密会しているのをつきとめたかれは、とうとうナオミを追い出してしまう。一時は興奮をして追い出してしまったものの、ナオミがいなくなってしまうと、かれはナオミが恋しくてしかたがなくなる。日がたつにつれて、とりかえしのつかないことをしてしまったような気がして来る。

一文《もん》なしで出て行ったナオミはどうしているのだろう。かれは心配でいてもたってもいられなくなる。方方へ手をつくしてさがしてみると、ナオミの消息が知れた。無一文で出て行ったナオミは、そのまま、ダンス・ホールで知りあった外人の家にとまり、豪華な服装をして遊び歩いているという。これには、さすがのかれもあきれはててしまった。

ナオミのことを忘れようとしているかれのところへ、ある日、ふらっとナオミが現われた。ナオミの荷物はまだ全部かれの家にあるので、それを取りに来たのだという。そんなふうにして、しばらく遠のいていたのに、ナオミはちょいちょいかれの家にやってくるようになった。品物を取りに寄るというのが口実だが、なんとなくぐずぐずといる。日がたつにつれて、ナオミはますます美しくなってくる。あれほどあざむかれていながらも、かれは、ナオミの肉体的な魅力には、抵抗ができない。ナオミも自分の魅力がかれに与える力を充分に知っていて、次第にかれをとりこにしてゆく。ついに、かれはナオミに全面降伏をする。

会社をやめ、いなかの財産を売った金で、横浜に、ナオミの希望どおりの家を買い、二人はくらすようになる。もう、かれは、ナオミのすることに何も反対をしない。限りなく美しさがましてゆくナオミの肉体の、かれは奴隷にすぎなかった。

女性賛美

男性が女性の足もとにひれふし、みずから女性の奴隷となることに無上の幸福を覚える。このようなモティーフは、谷崎の文学のほとんどすべてにあらわれているものである。処女作「刺青」がそうであったし、初期の傑作「少年」では、光子という女主人公にいいなりにさしずされ、どれほど虐待をされても、少年たちは反抗しないばかりか、かえって、そのひどいしうちをされることに、喜びを感じさえするのである。「痴人の愛」では、さんざんうらぎられて、もう愛想もつきたはずなのに、譲治は、ナオミの姿を再び見ると、もう離れられなくなる。ナオミの非をせめるどころか、自分からすすんでナオミの奴隷となり、背中にナオミをのせた譲治は、くたくたになるまで、床をはいまわり、ナオミの馬となることによってご機嫌《げん》をとるのである。

男性が女性から虐待されることによって、かえって喜びを感ずるという、異常な物語を書いた作家の名前をとって、そのような傾向をもつ行動ないしは心理を、マゾヒズムとよぶようになった。谷崎の作品の中には、そのマゾヒズムを正面に出した作品が多い。

伊藤整は、この作品に関して、「性を中心として道徳や生活が崩壊して行くといふ恐怖は個人主義の末期に当る現代社会では、経済条件による生活の崩壊の怖れとともに、人間生活の根源の怖れである。」といい、性への恐怖感、それから生じる不安といったものを、谷崎がいつも中心にすえて作品を書いているとのべている。

この作品が、当時の特殊な風俗をあつかっているために、今日では古びた感じはするものの、いまだに読者を引きずって行く力を持っているのは、やはり、谷崎が、ここでもまっ正面から、人間にとって本源的な問題をあつかっているからであろう。

ここに描かれたような当時の女性は、モダン・ガール（モガ）とよばれた。モダン・ボーイ（モボ）とともに、大正末期から昭和初期へかけて現われた、流行の先端をきる人種であった。谷崎は現実のそうしたモガの一人をモデルにして、この作品を書いたのだが、一方では、この作品が現われたことによって、ナオミのまねをする女性が生まれ、そのような傾向をよぶ、ナオミズムという言葉まで作られた。現実が作品を生み、作品が現実の流行をうながした、ひとつの例である。

蓼《たで》喰《く》ふ虫

「蓼喰ふ虫」は、昭和三年十二月から、東京日日新聞および、大阪毎日新聞に連載され、翌年の十一月に、改造社から単行本として出版された。この昭和三年の二月から、「卍《まんじ》」も連載中だった。

このころ、谷崎が、兵庫《ひょうご》県の岡本に住み、まだ学生であった古川丁未子《とみこ》を知り、のちに丁未子と結婚をしたことは、生涯編にみられるとおりである。

古典趣味

「蓼喰ふ虫」の直接の題材は、当時すでに離婚寸前の状態にあった、谷崎夫妻自身の夫婦生活から取られている。要《かなめ》と美佐子の夫婦は、もう長い間、夫婦であって夫婦でないような生活をつづけている。美佐子には恋人がいて、その阿曽《あそ》にあいに行くのだが、要はそれを黙認している。それほどひややかな間柄の夫婦であるなら、はやく別れてしまえばよいのに、おたがいに、なかなかはっきりした意志を表明しようとしない。――このような状況は、ちょうどそのころの谷崎と千代子、そして佐藤春夫との間に生じていた、現実の人間関係とほぼひとしい。

けれども、この作品は、そうした現実に進行中であった、なまなましい離婚劇を題材にしたとは思われないほど、しずかで落ちついた、内省的な色彩で書かれている。要と美佐子の夫婦は、決して、谷崎夫婦ではないのである。もちろん、要の心理や考え方には、谷崎自身の影が色こく投影されているが、だからといって、要は谷崎であると、きめつけるわけにはいかない。もし、自然主義の作家だったならば、こうした題材を作品化した場合、おそらく、もっとなまなましく現実にそって書いただろう。ところが、谷崎は、現実の問題は問題として、そうした状況にある夫婦の問題を、もっと普遍的な問題におきかえた。そして、かれらとは、すべての点で対蹠《しょ》的な、美佐子の父親と妾《めかけ》のお久という男女を登場させ、古風ではあるが、純日本的な趣味の世界を、かれらで代表させる。もうひとつ、ルイズという外国人の娼《しょう》婦を出して、彼女には、西洋の一部をうけもたせている。

純日本的な趣味と西洋趣味との間にはさまれた要は、中途はんぱな存在であるが、いままではけぎらいしていた日本的なものの世界も、だんだんとわかってくるにつれて魅力あるものに思われて、要は、次第に日本趣味に傾いてゆくのである。

この作品のあと、谷崎は、「乱菊物語」を書き、「盲目物語」を書き、というふうにして、急速に古典趣味に没入してゆくのだが、「蓼喰ふ虫」は、そうした谷崎の、古典趣味への序曲ともいうべき作品であろう。

若いころには、西洋文明にかぶれて、それを絶対的なもののように思い、日本古来の文化をばかにしていても、年をとるにしたがって、次第に日本的なもののよさがわかって来て、かつてのハイカラ趣味が、結局はつけやきばだったことに気づく。――これは、日本人の多くの人がたどる経過であるが、この作品には、その問題が正面からとりあげられている。谷崎の作品にしばしばとりあげられる、母性思慕の情も、女性崇拝の主題も、マゾヒズムも、ここでは影をひそめ、ごく一般的で、しかも、日本人にとっては常に問題にすべき主題が、ここに描かれている。そうした意味では、この作品は、谷崎の作品の中でも特殊なものだといえよう。

明治以来、この、西洋と日本との対決といった問題は、つねに日本の知識人が悩んで来た問題であった。今日でも新しい問題である。それを、谷崎がこうした形でとりあげたところに、この作品の大きな意味がある。

ただ、谷崎の場合、西洋から日本へと趣味がもどってくるにしても、その日本的なものの姿を、まず人形浄瑠璃《じょうるり》にあらわれているような女性の中に見出したというところが、いかにも谷崎らしいところである。この後、谷崎は、江戸から戦国時代へ、中世から平安時代へと、その古典趣味を、歴史と逆の方向へさかのぼらせてゆく。けれども、たとえ中世を舞台に選んでも、谷崎の場合、中世の隠者文学がもっていたような、無常観には、すこしも興味をしめさない。谷崎が好んで描こうとするのは、つねに男女の交渉であり、女性の姿である。枯淡の境地、わび、さびの世界は、谷崎には無縁のものであった。ここに、谷崎の古典趣味の特色がある。

なお、蛇《だ》足のようであるが、この作品の題名について、ちょっと説明を加えておきたい。「蓼喰《く》ふ虫」とは、「蓼食う虫も好きずき」という、ことわざから取った題名である。蓼という草の葉はからいが、そのからい葉を食う虫もいる。そのように、人の好みもさまざまだという意味である。作中の、要《かなめ》は妻の美佐子を愛していない。けれども美佐子と阿曾《あそ》は好きあっている。美佐子の父のような老人を、娘ほどの年齢である、お久は愛しているようである。そうした、人にはわからない男女の愛情のあり方を、この題名は、それとなく暗示しているのである。

『蓼喰ふ虫』のあらすじ

要と美佐子は、長年つれそった夫婦ではあるが、二人の間は冷えきっている。美佐子には、阿曾という恋人がいて、夫にはなかば公然と、つきあっている。要はそれに対して嫉妬をするほどの熱情もなく、だからといって、妻と別れようとするほどの積極性もない。

美佐子の父は、自分の娘ほどの年齢の、お久とくらしている。彼は、実際は五十五、六であるはずなのだが、ことさら老人くさくするのが趣味である。しぶい和服を着て、人形浄瑠璃《じょうるり》を見たり、地唄《じうた》を歌ったりするのが趣味である。お久は、気むずかしい老人のいうことにすべてさからわず、どこまでも従順にしたがい、かゆいところに手のとどくように、老人の身のまわりを世話している。老人の口にあう淡白な味の食物を作り、老人の好みにあった、じみな服装をし、夜は老人が寝入るまで、老人のからだをもんでやる、古風な日本女性の典型のような女である。

要は妻と二人、老人から文楽座へよばれる。「歌舞伎芝居《かぶきしばい》を見るよりも、ロス・アンジェルスで拵《こしら》へるフイルムの方が好きであった」要は、いやいや文楽を見に行ったのである。けれども、最初はお義理で見ていたのに、いつの間にか、要は、そのいかにも日本的な、人形浄瑠璃の世界へひきこまれてしまう。

要と美佐子の間には、弘《ひろし》という子供がいる。弘は敏感で繊細な心をもった子供なので、もう、うすうす父母の間の不和について気づいている。しかし、表面はしいて明るくふるまっている。その子供の気持がいじらしくなり、それもあって、美佐子は別れるのをためらってしまうのである。夫婦とも、「目前の別れが恐い」のである。同じ別れるにしても、秋でない方がよい、「別れるのなら春がいゝ」などといいながら、春が来ると夏にのばし、夏が来ると秋になりというふうに、だんだんのびてゆくのである。

夫婦間のなだめ役として、友人の高夏が来ている。夫も妻も、高夏に対して、つつみかくさず自分の気持をうちあけている。それでいて、どちらも、自分から現状を変えようとはしない。要は、高夏にむかい、こんなことまでいう。「西洋の貴族の間では姦《かん》通は珍しくないといふ。しかし彼らの姦通といふのは夫婦が互に欺き合ってゐるのではなく、暗黙のうちに認め合ってゐる場合、——つまり現在の僕の場合と同じやうなのが多いんぢゃないか。日本の社会が許しさへすれば僕は一生此の状態をつづけてゐたっていゝんだけれどな」いくら親切な高夏でも、この夫婦の問題には、もうこれ以上世話はやきたくないようである。

老人がお久と、なかよく四国の順礼に旅たつことになる。要は、老人にせがまれて、最初の、洲本《すもと》の人形芝居の見物にだけつきあう。二人の順礼を見送ってから、要は、神戸《こうべ》の西洋女が経営している娼《しょう》家へ寄る。要はときどきここへ来て、ルイズという女となじみになっている。ルイズは、がめつい女で、要に金の話しかしない。要はここへ来るたびに、もう二度と来たくないと思うのだが、一週間もたつと、つい通って来てしまうのである。あいてが西洋女だからだろうかと要は思う。

老人は、とうとう要たち夫婦をよびつける。もう一度、二人のなかを元へもどすために、老人は老人で心を痛めているのである。自分は娘の美佐子と話しあうから、あなたも考えなおしてくれといいおいて、老人は美佐子をつれて外出してしまう。あとに残された要は、お久の世話で、いかにも日本的なふろへはいり、いかにも日本的な夕飯を食べながら、もの思いにふけっている。要は、こう思っていた。「彼の私《ひそ》かに思ひをよせてゐる「お久」は、或《あるい》はこゝにゐるお久よりも一層お久らしい「お久」でもあらう。事に依《よ》ったらさう云《い》ふ「お久」は人形より外にはないかも知れない。」……要は、老人と美佐子の帰りを待ちながら、ぼんやり考えこんでいるのである。

「吉野葛《くず》」

歴史癖

谷崎は、少年のころから、歴史に大変興味があった。その興味は、年をとっても失われはしなかった。文壇に登場したてのころ、長田幹《みき》彦と、京都から奈良へ遊びに行ったときにも、行く先ざきの寺で、谷崎が故事来歴をかたり出すとその話がつきないので、長田幹彦がおどろいている。昭和五年に、谷崎が、みずから大衆小説と名づけて発表した、「乱菊物語」は、惜しくも中断してしまったが、その作品には、すでに、たっぷりと谷崎の歴史癖があらわれている。

「吉野葛」は、その翌年の一月と二月の『中央公論』に発表されたものである。この作品をふくめて、「盲目物語」、「紀井国狐憑漆掻語」、「天狗の骨」、「武州公秘話」など、昭和六年中に発表された作品は、すべて、古典趣味であり、谷崎の歴史癖がいかされたものである。

『吉野葛』のあらすじ

「私」が、吉野の奥を歩いたのは、もう二十年ぐらい昔、ちょうど大正の末か昭和のはじめごろのことである。交通の不便なそんな山奥に、なぜ出かける気持になったかといえば、それはこういうわけである。

吉野山には、昔から悲しい物語が伝わっている。頼朝《よりとも》に追われた義経《よしつね》と静《しずか》の話、南朝の天皇や、その臣下の話など、それは数かぎりない。そうした哀れな物語のなかに、あまり人に知られていない自天王《のう》という人がいる。後醍醐《ごだいご》天皇の時代から、約五十年間、日本には、京都と吉野との両方に天皇がおり、北朝と南朝に分かれて戦った。後小松天皇のとき、南北両朝に和議が成立し、それ以後、都は京都のみにおかれることとなり、南朝はなくなったことになっている。しかし、後亀《かめ》山天皇の玄孫にあたる北山宮《きたやまのみや》といわれる皇族が、南朝の遺臣たちにかつがれて、吉野へはいり、両朝合体後六十年間も、京都に敵対したと伝えられている。その北山宮が自天王なのである。

「南朝――花の吉野、――山奥の神秘境、――十八歳になり給ふうら若き自天王、――楠《くすのき》二郎正秀、――岩窟《くつ》の奥に隠されたる神璽《じ》、――雪中より血を噴《ふ》き上げる王の御首」……このように、自天王の史実や伝説を思い浮かべるだけでも、「私」には、さまざまな空想がわき出して来た。一度、この題材で、歴史小説を書いてみようと考えるのだった。

ところが、ここに、つごうのよいことがあった。「私」の一高時代の友人の、津村は、吉野の国栖《くず》に親類をもっていた。たまたま、津村から、親類をたずねる用事があるから、同行しないかというたよりがあった。もともと吉野へ行ってみたかった「私」であるから、津村のさそいを渡りに船と思い、さっそく出かけることにしたのである。

さて、大阪在住の津村と、東京に住んでいた「私」とは、奈良で落ちあって、吉野へ行き、あとは吉野川をさかのぼって行った。歌舞伎《かぶき》の『妹背山婦女庭訓《いもせやまおんなていきん》』に出てくる、妹山《いも》、背山《せ》も見える。上市《かみいち》へつくと、二人の間には、しばらく、やはり歌舞伎の『義経千本桜《よしつねせんぼんざくら》』の話がはずんだ。その芝居《しばい》に出てくる、釣瓶鮨屋《つるべずしや》というのが、現実にも出来ているということであった。けれども、話をしてゆくうちに、津村の旅行の目的のひとつは、初音《はつね》の鼓《つづみ》を見ることにあるということが、「私」にはわかって来た。初音の鼓というのは、『義経千本桜』に登場する鼓で、静《しずか》がその鼓をうつと、その音にさそわれて、忠信《ただのぶ》があらわれる。忠信は人間の姿をしているが、実は狐《きつね》で、初音の鼓の皮は、忠信狐の親狐の皮でできている。だから忠信は、親をしたって姿をあらわすのである。

『義経千本桜』は、もちろん、江戸時代に作られた架空の話であるから、初音の鼓などというものは、現実にあるはずはない。ところが、作中の鮨屋が、のちに現実にもつくられたように、初音の鼓というものも、現実に存在するのだという。津村は、それを見に行こうという。なんのために見たいのか、そこまではわからなかったが、「私」は、不思議な思いにさそわれて、また、津村と山をのぼりはじめた。

万葉集に歌われた、菜摘《なつみ》の里へつくと、津村は一軒の農家をさがしあてた。その主人である、朴《ぼく》とつな農夫は、津村のたのみに応じて、目的の、初音の鼓を見せてくれた。鼓は桐《きり》の箱におさめられていたが、皮はなく、黒漆《うるし》でぬられた胴だけだった。

その家を辞してから、二人は流れの美しい宮滝の岩の上にすわりながら、しばらく、鼓の話をした。そして、いつとはなしに、津村は、自分が鼓をもとめて来た真の理由について、話しだすのだった。

津村は、幼いときに父母を失って、どちらの顔も見覚えがない。そのせいか、ことに母のおもかげを恋いしたうことは、なみなみなことではなかった。幼いころの思い出に、上品な婦人が琴《こと》をひいていた情景があり、その曲が、『狐噌《こんかい》』という曲であったことを、はっきりと覚えていた。浄瑠璃《じようるり》の『芦屋道満大内鑑《あしやどうまんおおうちかがみ》』には、人間と結婚をした狐が正体を見やぶられ、子供をのこして森へ帰って行くという話がある。この『狐噌』にも、母親が子供の方をふりかえりながら立ちさって行く文句がある。そのように、昔から日本に伝わる、母狐とその子との悲しい物語が、母のない津村には、いつもひとごとでないような気がしていたのである。古い琴うたや、芝居に接するたびに、津村は、自分がいつも母狐をしたっている作中の人物になりきってしまうような気がするのである。

津村は、なんとかして、母の生家だけでもさぐってみたかった。そこで、母の残した品々を調べて行くと、古い手紙が出て来た。その中に、母の故郷の実家から出された一通があった。その住所が、この吉野の国栖《くず》村だったのである。母の生家が紙すきを職業としていたこと、母の姉妹に、「おりと」というものがいたこと、祖母が狐を信仰していたことなどが、その手紙からわかった。

母の生家の住所がわかった以上、津村はじっとしてはいられなかった。そこで、現在から二、三年前に、津村ははじめて、この国栖村へやって来たのである。古い手紙に書かれていた、「昆布《こんぶ》」という、不思議な姓の家は、かなり多く、目的の家をさがしあてるまでには、随分手まどった。けれども、とうとう、津村は、母の生家をみつけた。「おりと」という人もいた。「おりと」は、母の姉であった。いまでは、古い話を知っているのは、その「おりと」しかいなかった。年老いた「おりと」のたどたどしい話には、要領のえない部分が多かった。しかし、その話から、津村は、母についていろいろと知ることが多かった。母の遺品である古い琴も保存されていた。やしきうちには、狐をまつった祠《ほこら》も残っていた。

「で、今度の旅行の目的と云《い》ふのは？――」

津村が長い話を終えたときに、「私」はきいた。もう、あたりは薄暗くなっていた。「私」の質問に、津村は、暗がりの中でもはっきりとわかるほど顔を赤らめて、こういった。

「――その、始めて伯母《おば》の家の垣根《かきね》の外に立った時に、中で紙をすいてゐた十七、八の娘があったと云《い》ったぢらう？」

津村は、その娘に恋をし、今度の旅行の真の目的は、その娘を嫁にもらいに来たのだと、はずかしそうにいった。その娘は、なき母の、もうひとりの姉の孫で、お和佐《わさ》といった。

その翌日から、「私」は、ひとりで、自天王の遺跡を調査してまわった。調査のあと、ぬるい湯につかろうとしていると、津村にあった。津村は、ひとりの娘と、幸せそうに歩いていた。

津村は、目的どおり、お和佐と結婚した。「私」の歴史小説は、ついにものにならなかった。

複雑な構成

この小説のあらすじは、実はもっと簡単にいえるのである。なき母のおもかげを恋いしたっていた津村は、吉野の奥に、母の生家をさがしあて、遠縁にあたる女性との恋がみのって、幸せなくらしを送るようになった——というのが、この小説の本筋である。実に単純な物語であり、物語自体には、ほとんど枝葉がない。ところが、いままでのべて来たように、ややくわしくのべようとすると、いかにも複雑に入りくんだ小説のようである。実際の小説はもっと複雑なのである。

第一に、この小説は、本筋とは全く関係のない、自天王という人物の話から始まる。しかも、その自天王に興味を感じている「私」という人物も、実は、本筋とは、あまり関係がないのである。この小説においては、「私」は、どこまでも聞き手であって、副主人公でしかない。その副主人公が、いかにも主人公であるかのようにして現われ、自天王の話を歴史小説に作りあげるのではないかと、読者はまず思うだろう。

ところが、なにげなしに、津村という人物が登場する。津村は、本筋には関係のない人物のように思われる。「私」と津村が一緒になって歩き出すと、紀行文のような気もしてくる。二人のかわす話は、歌舞伎や浄瑠璃や琴うたの話ばかりで、読者は、次第に意味のないむだな物語へそれてゆくために、どうなることかと、不安といらだちを感じはじめる。そのうちに、津村が、「初音の鼓」を見るのが、旅の目的なのだと、ぽつんという。なぜそんなものを見たがるのだろうと、読者は、作中の「私」と一緒に、不思議に思いはじめる。その瞬間、津村は主人公になっているのである。

津村の旅の真の目的は、なかなかわからない。最後にそれがわかってほっとしたとき、この小説は終わっている。

この小説の構成は、このように、一種のなぞ解きの形をとっている。だから、なぞの解けたときに、小説は終わらなければならない。作者の巧妙なからくりに、だれしも驚くだろう。つねに小説に構造性を考えていた谷崎の、熟練した腕を知らされる小説である。

しかし、この小説が、そうしたただのなぞ解きであると考えるのは、またあやまっている。この小説には、これまでのべて来たように、むだな枝葉が多すぎるような気がするであろう。けれども、一見むだのように思われる寄り道が、最後には、すべて生きてくるのである。すべての寄り道が、津村の母性思慕の情に収斂《れん》して、むだがむだでなくなっている。そういう意味では、求心的な構成ともいえるだろう。

この小説にあらわれる日本古来の文学作品は、おもに近世のものが多いけれども、驚くほどさまざまな作品が引きあいに出されている。そこに、谷崎のなみなみならぬ古典の教養がうかがわれるとともに、それらの知識をただ知識としてだけあつかうのではなくて、それらを人の心や情景のなかに、いきいきと生かしている点も、決して見のがすわけにはいかない。古典趣味、歴史癖、構成力、母性思慕というモティーフ――これらが、渾《こん》然と一体になった、見事な作品である。

「芦刈」

能の世界

「芦刈」は、昭和七年十一月と十二月の『改造』に掲載された。当時谷崎は、二番目の妻、丁未《とみ》子とくらしていたが、前年、岡本の家を売り、没落しかかった根津家とともに、兵庫《ひょうご》県魚崎町へ移っていたころである。

この作品は、前年の「吉野葛」、「盲目物語」、翌年の「春琴抄」とにはさまれた、やはり、古典趣味の濃厚な作品である。

モティーフとしては、ほかの谷崎の作品と同じように、母性思慕やマゾヒズムやフェティシズムが現われるので、そうした意味では、同工異曲である。ただ、そのあらわれ方が、ほかの作品とは異なってひどくやわらかで、微妙である。たとえば、ほかの作品では、「少年」でも「痴人の愛」でも、「武州公秘話」でも、「春琴抄」でも、女主人公が、自分を愛している男性に対して示す態度は、もっと強烈であり、濃厚である。けれども、この作品において、女主人公のお遊さんが相手に示す態度は、せいぜいこの程度である。つまり、お遊さんは、「わたくしの父」に、もうよいというまで息をとめていなさいと命じて、とうとうがまんがしきれなくなって息をした彼をおこり、ふくさで彼の口をおおったり、自分はねむってもあなたはねてはいけないと命じて、彼が命令にそむくと、彼を起こしてしまうといった程度のいじめ方しかしない。これは、作者自身が書いているように、「いかにも子供《ども》らしい我《わ》がまゝ」でしかない。

けれども、この作品には、たとえば、「痴人の愛」にみられるような強烈な描写はないが、まるで、ま綿で首をしめるような、かなり抑制されてはいるものの、実際はそれだけに逆に強い効果をあげている描写が多いのである。内面的なマゾヒズムとでもいえばよいのだろうか。

この作品の構成上の特徴は、それが能の謡曲の構成によく似ていることである。謡曲の登場人物中、主人公をシテといい、副主人公をワキという。シテもワキも同時代の人間である場合もあるが、多くの場合、ワキだけが生存している人間で、シテは、過去の人間、つまり死者の霊であるか、ものの霊、たとえば植物の霊である。三番目ものとよばれる謡曲には、ことにそれが多い。

そうした謡曲では、まず、ワキが登場する。ワキは現実の人間であって、多くの場合は、「諸国一見の僧」といわれる、諸国を旅しながら修行をしている僧りょである。ワキは舞台へあらわれると、自己紹介をし、風景描写をする。ワキのせりふが終わると、そこへシテが登場する。多くの場合、シテの本当の身分、素姓などは、最初のうちはワキにはわからない。シテのものがたりをきくうちに、ワキは、不思議な思いにとらわれてくる。観客も、ワキと同じ思いに引きこまれながら、シテの言葉に注目する。そこまでが前半であり、そこまでのシテを、普通前ジテという。

後半になると、シテは後《あと》ジテとなってあらわれる。つまり、シテは、いままで隠していた素姓をあらわすわけである。前ジテの間は、現実に生きている人間だと思っていたところが、実は、死者の霊であったり、草木の霊であったりする。そして、多くの場合は、この世に恨みや心のこりがあって、今まで成仏《じょう》できずに、霊がさまよっていたわけであるが、ワキである僧のおかげで、めでたく成仏し、やすらかにあの世へ去って行く。そこで謡曲は終わる。

いまのべたのが、謡曲の一般的な構成であるが、この「芦刈」の構成は、その謡曲の構成に、非常によく似ているのである。

まず、冒頭に、「わたし」という、ワキが登場する。このワキは、たしかに現実に生きている人間であるが、謡曲のように、僧ではない。作者とほとんど同一人物である、作家である。「作家」が「僧」と似ているのは、行動が比較的自由なことである。作中の「わたし」も、自分の都合さえつけば、すきな時間にすきな場所へ行くことができる身分である。「わたし」は、ある日、ふとおもいたって後鳥羽《ごとば》院の離宮あとへ出かけるのである。そして、かなり長い文章がついやされて、そのあたりの風景描写がつづく。その点も謡曲の構成とそっくりである。

ワキの「わたし」が、川の洲《す》へ出て、月をながめていると、どこからともなく、男があらわれる。「まぶかに被《かぶ》ってゐる鳥打帽子のひさしが顔の上へ陰をつくってゐるので月あかりでは仔細《しさい》にたしかめにくいけれど」とあるように、顔かたちもはっきりしない男であるが、話によると、大阪《さか》の方で骨とう屋をやっているという。これが、シテである。芹《せり》橋という名の男である。それから、ワキの「わたし」の問いかけに応じて、シテの「芹橋」という男は、だんだん、自分の身の上ばなしをはじめる。その身の上ばなしが、この小説の主な部分になっていることは、いうまでもない。

シテの男の話が大体おわって、ワキの「わたし」には、その話の中の人物、お遊さんが、現在では八十ちかい老婆であるはずだということに気づく。それでも、昔どおりに、そのお遊さんを桓根ごしにのぞきに行くといっている男の言葉がいぶかしくて、ワキの「わたし」が、シテの男にたずねようとすると、「そのをとこの影もいつのまにか月のひかりに溶《と》け入るやうにきえてしまった」というのである。

小説は、右の文章でおわっているのだが、ここで、作中のワキにあたる「わたし」という人物と同じように、読者も、シテの男が、実は、現実に生きている人物ではなかったのかも知れないという、不思議な思いにとらわれるわけである。謡曲では、このシテの男が、このあとで、おそらく後ジテとなってあらわれるのであろうが、もちろん、この小説では、そういうことは起こらない。

これまでみて来たように、この作品は、これほどまでに、謡曲の構成と似かよった構成をとっているのである。しかし、もっとくわしく分析をすれば、これまで、シテといっていた男は、実はシテではなくて、本当は、その男の父親がシテなのである。生前、あれほどまでに恋をし、相手のお遊さんもその気持を充分にみとめていながら、さまざまな理由から夫婦になることのできなかった、その男の父親の、はたされなかった思いが、霊となってこの世にあらわれたと考えた方が、一層謡曲的である。しかし、なにげなく読んでいると、この男と、その男の父親とは、しまいには区別がつかなくなってしまう。つまり、古いいい方をすれば、この男に、その男の父親の魂がのりうつっていると考えてよい。シテである男と、本当の意味でのシテである、その男の父親とは、同一人物であると考えてよいと思う。

構成上の類似点は、いまのべたとおりであるが、内容からみても、この作品は、大変謡曲的なのである。謡曲の真髄は幽玄であるといわれる。幽玄とは、むずかしい言葉であるが、簡単にいえば、かすかで、あいまいで、はっきりした形のない中に、奥深い美しさがひそんでいるものをさすのだろう。この作品は、そもそも、月の光の中でかたられる物語が中心となっている。しかも、遠い昔の物語である。物語の中の主人公であるお遊さんを形容する、もっとも的確な言葉は、「蘭《ろう》たけた」という言葉である。その意味は、上品であいらしいというほどの意味であるが、もっと奥深い、微妙な感じでうけとれる言葉である。お遊さんの顔までが、「何かからぼうっと煙《けむ》ってゐるやうな」顔だちである。何から何まで、すべてが夢の中の出来事であるかのように、ぼんやりとした物語である。それを一種の幽玄であるとみても、決してまちがいではないだろう。

それに、この作品の主な部分は、すべて、シテの男とワキの「わたし」との対話で構成されている。読者は、ワキの「わたし」と一緒になって、シテの男の、長い物語に耳を傾けるという構成になっている。その点も、大変謡曲的なのである。もちろん、ある人物が読者に語りかける口調で書くという手法は、「卍《まんじ》」や「盲目物語」などで、谷崎はすでに成功して来たわけで、この作品が特にその手法で目立っているというわけではないが、ワキとシテとの対話という形で、その方法を生かそうとしている点、やはり、それらの先の作品とは異なっているのである。

なおつけ加えておくならば、シテの男が登場するすこし前の部分で、昔の遊女のことをしるした文章などを引用し、それらの遊女の運命のはかなさに無常を感じている文章があり、西行《さいぎょう》の言葉まで出てくるところを見ると、この作中の、ワキである「わたし」の考え方までが、かなり、謡曲によく登場するワキの僧に近いとも考えられる。さらに、シテの男が登場して間もなく、その男は、実際に、年期をつんだ声で、謡曲の「小督《こごう》」をうたってみせるのである。

谷崎は、「吉野葛」あたりから、急に古典趣味へ傾斜してくるわけであるが、その次の「盲目物語」が、内容、スタイルともに、近世初期ごろの古典の模倣だとすれば、この「芦刈」は、スタイルは中世の謡曲にまでさかのぼり、それに、やや平安朝趣味が加わったものと考えられるだろう。

『芦刈』のあらすじ

九月のある日、「わたし」は、あまりに天気がよいので、前々から行きたいと思っていた、水無瀬《みなせ》の宮のあとへ出かける。そこは、後鳥羽《ごとば》上皇の離宮のあったところであるが、もちろん、建物は何ものこっていない。今ではただのひなびた風景にしかすぎない場所で、「わたし」は、しばし懐旧の情にひたる。

その日はちょうど、十五夜にあたっていたので、淀《よど》川べりへ出て月見をするのもよかろうと考える。小料理屋で食事をし、酒を手にして外へ出る。川中の洲《す》で月見をしていると、どこからともなく、一人の男があらわれる。いきなり、なれなれしく言葉をかけ、その男も手にしていた酒を、「わたし」にすすめる。あれこれと世間話をしているうちに、その男は、いつしか、しみじみと身の上話をかたるのだった。

その男はまだ幼い時分、九月の十五夜の晩になると、毎年かならず、その父親につれられて、巨椋《おぐら》池のつつみを歩かされたものであった。月夜の道を二里も三里も歩くと、ある大きな邸《やしき》の生垣の前へつく。すると、かならず、邸の中から、琴《こと》や三味《さみ》線の音が聞こえてくる。中では、おおぜいの腰元たちにとりかこまれて、美しい女主人が月見をしているのだった。生垣からでは、距離がありすぎて、その女主人の顔かたちもはっきり見えないほどであるのに、その男の父親は、いつでも、月見の宴会がすっかりすんでしまうまで、そこにじっと立ちつくし、中の人びとが奥へひきこむと、また同じ道をとぼとぼと歩いて帰るのだった。

その女主人公が、かつては父親の愛人であった、お遊さんといわれる女性であったことを、その男が理解できたのは、ずっとのちのことであるが、彼の父親は、彼が子供のころから、まるで、おとなに語りかけるように、自分とお遊さんとの間柄について、話してくれていたのである。

お遊さんは、小曾部《こそべ》という家の娘で、十七のときに、粥《かゆ》川という家に嫁入りしたが、主人が死に、二十二、三のころには、もう後家になっていた。小曾部の家には、ほかにも女きょうだいがたくさんいたが、両親も、その女きょうだいまでも、お遊さんだけを特別あつかいにして育ててきた。それほど、お遊さんには、生まれつき、美しさと気品とがそなわっていたのである。だから、はたの者は、お遊さんに対しては、まるで侍女かなにかのようにかしずき、お遊さん自身も、そうされることを当然のように考えて、万事おひめさまのようにふるまっていた。後家になってからも、娘時代と同じように、おおぜいの女中にとりまかれた、悠長なくらしぶりだった。

あるとき、その男の父親が芝居《しばい》見物に出かけたとき、うしろの席にお遊さんの一行が来ていた。男の父親は、一目で、お遊さんを見そめてしまった。男の父親にとって、そのような、おひめさまのような女性は、理想の女性だったのである。自分の妹が、お遊さんと同じ琴の師匠のもとへ通っていたという縁もあり、その男の父親は、お遊さんに結婚を申しこもうとした。しかし、粥川の家には、お遊さんの再婚を喜ばない空気があり、お遊さん自身も、一生後家を通すつもりであるようだった。そこで話にのぼったのは、お遊さんの妹のおしづで、結局、男の父親はおしづと結婚をすることになる。

おしづは、決して美しくない女ではなかった。けれども、お遊さんに比べると、まるでくらべものにはならない、平凡な女だった。男の父親がおしづと結婚をする気になったのは、特におしづが好きだったからではない。あくまでも、おしづは、お遊さんの代理であったにすぎない。ところが、そうした男の父親の気持を、おしづははじめから知っていた。その上、お遊さんが、事情さへ許せば、男の父親と結婚したいと考えていたことも、おしづは知っていた。おしづに、その男の父親と結婚をするようにすすめたのは、実はお遊さんだったのである。つまり、おしづは、自分の身を犠牲にして、周囲の事情でどうしても一緒になれない二人の、橋渡し役になったわけである。

男の父親は、そのような、自分を殺してまで、姉のお遊さんにつくそうとしているおしづの心もちと、実際は自分を好いてくれているお遊さんの気持とを知り、大層感激する。そして、二人が結婚をしてからも、おしづとお遊さんの気持をくんで、夫婦とは名ばかりで、実際は清らかな兄妹のような関係をつづけることになる。

お遊さんは、男の父親の妻の姉という関係から、公然と出入りするようになった。以前から、お遊さんの身のまわりの世話は、おしづがしていたので、その方が双方とも都合がよいわけである。おしづは、何かと機会をとらえては、お遊さんと男の父親とを結びつけようとしたが、かえって二人はおしづの献身的な心に遠慮して、親しくはなれなかった。ただ、三人とも、まるできょうだいのようにして、お遊さんを中心にした、楽しい日々がつづいた。

しかし、いかに妹のとつぎ先とはいえ、子供まである後家のお遊さんが、妹夫婦の家にいつも一緒に暮らしているというのは、外聞がわるかった。悪いことに、その子供が肺炎で死んだことまで、お遊さんの不行跡のおかげとされ、お遊さんは粥川家から離籍された。間もなく、お遊さんは、宮津という家へ再婚していった。その別荘が、例の巨椋池の近くにあった家なのである。

お遊さんが手の届かないところに行ってから、男の父親は、はじめておしづと夫婦のちぎりを結んだ。そして出来たのが、その男なのであった。

男の父親の家は没落し、おしづは死んだ。そのころ、その男は父親につれられて、毎年十五夜の晩になると、お遊さんのいる別荘へ行っていたのである。

その男は、ここまで話してから、実は、今夜もそこへ出かけるのだという。そして、琴をひいているお遊さんの姿を見るのだという。しかし、話の様子では、お遊さんが生きているとしても、もう八十ほどの老婆であるはずだが、と「わたし」がたずねると、いつの間にか、その男の姿は消えて、月の光だけがのこっていた。

春琴抄

「春琴抄」は、昭和八年の六月号の『中央公論』に掲載され、同年十一月に、創元社から単行本として出版された。

仮作物語の極致

発表当時に、これほど絶賛された谷崎の作品は、ほかにはない。正宗《まさむね》白鳥は、「春琴抄を読んだ瞬間は、聖人出づると雖《いえど》も、一語も挿《さしはさ》むこと能《あた》はざるべしと云《い》った感に打たれた」といい、川端康成は、「ただ嘆息するばかりの名作で言葉がない」といった。のちになって日夏耿之介《こうのすけ》は、『春琴抄』は瑕疵《かし》こそあるが先《ま》づ昭和に出た最高小説の一であらう」といい、中村光夫は、「この小説はたんに谷崎の円熟期の代表作であるだけでなく我《わが》国の近代小説のなかから十編を選べば必ず加えらるべき傑作であろう」といっている。

それでは、この小説がどんなに大作であるかと思う人がいるかもしれない。しかし、その予想に反して、この作品は、四百字づめの原稿用紙にして、わずか百二十枚たらずの、短いものなのである。日本の小説は、一般に短いものが多いので、これでも中編小説といえるかもしれないが、世界文学のものさしではかるならば、短編小説としかいいようがない分量である。

ところが、この短い作品の中には、およその十倍ほどの内容が圧縮されているのである。もし、登場人物の心理をくわしく描いたならば、分量は、さらに二十倍にも三十倍にもなったかもしれない。そこに、この作品のもつ、ひとつの大きな秘密がある。

谷崎は、この作品を書くにあたって、内容にもっともふさわしい文体をもとめるのに苦心した。わたくしたちは、筆者が一切主観をまじえずに、事実のみを客観的に叙述したものを読むとき、そこに、生きいきと活躍する人間の姿を見いだして、小説を読んだとき以上に、小説的な感動をいだくことがある。俗な言葉でいうならば、「事実は小説よりも奇なり」というのがそれである。谷崎は、そのような感動を与える小説を書いてみようと考えたわけである。また、そのような感動を与えるためには、文体もまた、主観や描写をなるべく切りすてた、小説らしくない叙述体でなければならなかった。谷崎は、「春琴抄後語」のなかで、そうした文章の例をあげている。

しかし、ここに、もっと困難な事情がある。現実に起こった出来事を見聞きしたり、または、そうした事実を書物の中で読むなりして、その事実を客観的に叙述することは、それほどむずかしいことではない。けれども、谷崎は、現実には、実は全然おこらなかったことがらを、一から十まで空想してこしらえ上げ、それらすべて架空の出来事を、あたかも現実に起こった出来事であるかのように、客観的に叙述しようと考えたのである。

この作品が発表された当時、多くの読者は、ここに叙述されている鵙屋《もずや》春琴や温井《ぬく》佐助を、実在の人物と考えたのである。かつてそのような人物が、現実に生きていたと考え、それらの人物に関する伝記や聞き書を谷崎がたまたま手に入れ、それに肉づけをしたものが、この作品であると信じていたのである。ところが、全くそうではなかった。春琴も佐助も、作者がこしらえ上げた架空の人物であったのである。架空の人物に関する作り物語を読者が読んで、全くの実在人物の伝記であると錯覚してしまったほど、谷崎の小説づくりの技巧は完璧《ぺき》であったわけである。ひとは、現実の出来事を見聞きしたとき、それがあまりにも物語のようにうまく展開していると、「まるで小説のようだ」という。事実と作品の関係は、この作品においては、ちょうど、それとは正反対の関係になっているといえる。つまり、読者は、この小説を読んで、ほとんど小説であるとは考えなかったのであるから、全くの架空の小説を読みながら、「まるで事実のようだ」と考えたことになるわけである。

鷗外は、「高瀬舟」その他の歴史小説を書いてゆくうちに、次第に、史実そのものにすべてを語らせる作品を書くようになり、史伝小説にはいっていった。外面的な形式からいえば、谷崎のこの作品と、鷗外の史伝小説とはよく似ているが、実はまるで違うものであることは、吉田精一も指摘しているとおりである。谷崎の場合は、史実のないところに史実を作りだして、それをいかに真実らしく見せかけるかという、小説づくりの楽しさを目的としていた。けれども、鷗外の場合は、小説の中から、「まるで小説のようだ」といわれるような、絵そらごとの部分をつとめて排除して行き、できるだけ史実そのものに近づこうとしていた。形式は似かよっていても、その態度は逆であった。

生涯編でのべたように、谷崎は芥川と論争をした。その論争で、谷崎は、筋のある、構造のおもしろい、建築的な小説こそ小説であると主張していた。この考え方は、谷崎文学のすべてに一貫する太い柱であって、一度も迷わずに谷崎は、この考え方で一生を終始した。この「春琴抄」は、そうした意味でも、谷崎の主張を、見事に実現したものといえる。谷崎は、無から、これだけの事実（？）を創造したのであるから、これほど谷崎の物語構成力の発揮された作品はないといえる。

さて、これも生涯編でのべたことであるが、谷崎は、古川丁未子《とみこ》と結婚する前に、丁未子の学校の英文科の学生に翻訳をさせ、それを自分の名前で発表したことがあった。その一つに、トーマス＝ハーディ原作の、「グリーブ家のバーバラの話」というのがあった。昭和二年十二月号の『中央公論』に発表されたものである。吉田精一は、この作品と「春琴抄」との類似点、相違点をくわしくあげて、その影響をさぐっている。そして、原作では、春琴と佐助との関係がちょうど逆になっていて、ウィロース(男)＝春琴、バーバラ(女)＝佐助というふうに、原作における男女関係を反対におきかえると、「春琴抄」における人物関係に近くなることを指摘している。また、原作においては、愛情の表現がどこまでも肉体的な段階にとどまるのに反して、「春琴抄」においては、愛情が神聖な段階にまで高められている点に注目している。

この作品は、一般的にも非常に人気をよび、これまでに、しばしば劇化されて上演され、また映画化もされて来た。ここにも、谷崎文学に必ずといってよいほど描かれる、マゾヒズムの世界がみられるが、それが初期の作品のように悪どくなく、上品に描かれているために、一般的な人気も獲得できたわけであろう。

『春琴抄』のあらすじ

鵙屋琴《もずやこと》と温井《ぬく》佐助の墓は、大阪市内の下寺町にある、浄土宗の某寺にみられる。琴の墓に比べると、佐助の墓は半分ほどの大きさで、しかも二、三尺はなれたところに立てられている。それは、佐助が、「死後にも師弟の礼を守ってゐる」、いかにもつつましい姿である。

作者は、最近、『鵙屋春琴伝』という、ささやかな本を手に入れた。これを読んで、作者は、はじめて、琴と佐助の話を知ったのである、琴の生家である鵙屋家は、大阪の道修町《どしょうまち》で、代々薬種商をいとなんでいた、裕福な家である。琴は、幼いころから頭もよく、容姿は端麗で高雅であった。四歳のころから舞を習ったが、師匠も驚くほど上達が早かった。それで、両親は、ほかの子供よりも琴を愛し、その成長を楽しんでいたが、九歳の年に眼病をわずらって、間もなく失明してしまった。両親がそれを嘆き悲しんだことはいうまでもない。うわさによると、琴ばかりが寵愛《ちょう》されるのを憎んだものが、悪質な菌をなすりつけて、そのために琴は失明したという。

ともかく、両眼が見えなくなったので、舞は断念しなければならなかった。盲人に可能な芸ごとは音曲しかないので、それ以来、琴や三味線を習うことになる。琴は、春松検校《けんぎょう》という師匠について習いはじめたが、十五歳になるころには、もう弟子《でし》中で琴にかなうものはいなくなるほど、技がすすんだ。

その稽古に通うときは、琴が盲人であるため、手をひくものが必要であった。その役をおおせつかったのが佐助であった。佐助の家は、代々、鵙屋に奉公をする身分の家柄で、佐助も十三歳の年に、丁稚《でっち》として鵙屋へ奉公に来たのである。そのころ、すでに、琴は失明したあとであった。最初、手びきの役は、佐助だけではなく、いろいろな人が交代でやっていた。ところが、琴が、「佐助どんにしてほしい」といったので、佐助の専門になったわけである。琴は、以前には明るい性格の娘であったのが、失明以来、妙にふさぎこむようになり、気むずかしい性格になった。琴がなぜ佐助を選んだかというと、佐助は忠実で、しかも、琴が話しかけないかぎり、いつまでも無言でいたからである。

佐助の役目は、ただ琴の手を引いて師匠の家と鵙屋との間を往復するだけではなかった。琴が便所へ行くときは、戸口まで手を引き、外で待っていて、出て来た琴の手に水をかけなければならなかった。また、少しでも暑いと思われるときは、そういわれないうちに、琴の背中をあおがなければならない。いつでも、琴が要求していることを先まわりして感じとり、手早く世話をしないと、琴の機嫌をそこねてしまうのだった。

佐助は、自分は丁稚であり、相手は主人の娘であるから、とてもかなわぬことながら、心ひそかに琴をしたっていた。たとえ夫婦にはなれなくても、自分の全身全霊をあげて、この女性のためにつくそうと誓っていた。そこで、自分は音曲のことは何も知らないし、丁稚では教えを受けるわけにもゆかないけれども、せめて少しでも、主人のしていることを理解するために、三味線を独習することにした。とぼしい給金をためて粗末な三味線を買い、夜中、ひとのねしずまった時分に起きて、音が外へもれないように、押入れの中で稽古をした。そのうち、やや大胆になり、外の物干台の上で弾いていた音を主人に聞きとがめられ、大変にしかられた。ところが、意外なことに、琴が、一度その佐助の三味線を聞いてみたいといい出した。琴と家族の前で、佐助は懸命《けん》に三味線を弾いた。それが、独習にしては非常にうまかったので、みな感心をした。特に、琴は、これからは自分がお前に教えて上げようといいだし、両親もそれを認めざるをえなかった。佐助は琴よりも四つ年上だったので、ここに、十一歳の師匠と十五歳の弟子とが誕生したわけである。

最初のうちは、両親も、琴によい遊び相手ができたと、内心は喜んでいたのである。琴がだんだんひねくれたことをいい出すので、ほかの召使いたちも、琴のそばへは寄りつかなくなっていた。だから、よいさいわいとばかり、琴の世話は、すべて佐助へおしつけられた。けれども、琴の稽古ぶりは、遊びどころではなく、本物の師匠以上にきびしいものだった。佐助ののみこみが悪いと、同じ部分ばかりを、いやというほどくりかえし弾《ひ》かせた。しまいには、佐助にむかって、「あほう」とどなりつけたり、佐助の頭をなぐったりし、佐助が泣き出すこともしばしばあった。両親は、あまりの行きすぎに心配しだしたが、琴の稽古はますますきびしくなるばかりだった。そこで、両親は、佐助を丁稚の身分から解放し、琴と同じ師匠のもとへ、正式に弟子入りさせた。佐助は、琴と相弟子の身分になったわけである。

両親は、琴が盲人であるために、普通の結婚はむずかしいというので、ひそかに、佐助を婿にと考えていた。そして、そのことを、十六歳になった琴にむかい相談してみた。ところが、琴は、意外にも非常におこって、佐助などと結婚をするのは思いもよらないことだといった。しかし、おかしなことに、それから一年たったころ、琴は妊娠してしまったのである。実際には、相手は佐助だったのだが、両親がいくらたずねても、琴は、がんとして相手の名を明かさなかった。琴はその子を生んだが、自分で育てようとはせず、よそへやってしまった。

　春松検校が死んだので、琴は独立して琴三味線の師匠となった。号を春琴という。春琴は、鵙屋とは別の家に住むことになり、佐助もそこへ行き、二人は一緒にくらすようになった。二人の関係は公然の秘密であったが、本人同士は、決して夫婦であるとはいわなかった。それどころか、佐助は春琴を「お師匠様」とよび、すべてにつけて尊敬し、春琴は佐助を「佐助」とよびすてにし、いままでどおり、丁稚のようにあつかっていた。

　春琴は盲人であるばかりでなく、気ぐらいも高く、その上、常人よりも多分に嗜《し》虐性を帯びていたので、佐助の世話はなみたいていのことではなかった。春琴は冷え性で、一年中足があたたまらないので、その氷のような足を抱いてあたためるのは佐助の役目の一つであった。あるとき、佐助は、むし歯がはれあがって頬が熱をもち、ひとり苦しんでいたが、そんなときにも、春琴の足をあたためなければならなかった、あたためるには、春琴の足もとに横になり、自分の胸に足を入れるのだが、そうしているうちに、歯の痛みが激しくなり、頬の熱が、がまんできないほどになった。そこで、佐助は、その氷のような足を自分の頬へあてて、ようやく痛みをしのいでいたところ、春琴は、その足で、いやというほど佐助の頬をけとばした。そして、いうには、自分はお前が歯の痛みに苦しんでいるのは知っていた。しかし、それを正直にうちあけずに、自分の足の冷たさで歯痛の熱を冷やそうとする、その根性がいやしい。そういって春琴はおこるのだっ

映画「春琴物語（春琴抄）」より（大映作品）

た。

万事この調子であったから、普通の人間ならたちまちに世話をしきれなくなるだろうが、佐助は春琴を神のごとく尊敬していたので、春琴がどれほど無理をいっても、決してそれに逆らわず、自己をないものにして春琴につくした。

春琴は、佐助をはじめとして、ほかの奉公人に対しても、わがまま一杯にふるまったが、外へ一歩でると、じょさいなく交際をし、しかるべきところへは、きちんと、気まえよく、金をばらまいた。けれども、いかにも大阪人らしく、しまるところは極端にしまっていた。そして、弟子に対しても当然のように、つけとどけを要求し、つけとどけの少ない弟子は、決してかわいがらなかった。また、稽古のきびしいのでも有名で、三味線のバチで額を打たれて、血を流すほどの傷を負った弟子も、一人や二人ではなかった。それに、盲人ではあっても、春琴は捨てがたい美女であったので、内心、春琴に恋心をいだいており、佐助という公然の夫がいるにもかかわらず、佐助に嫉妬《しっと》するものもいた。さらに、春琴が気ぐらいが高く、芸の腕も達者だったので、同業の女師匠のなかで、春琴をねたましく思うものも少なくはなかった。そのように、春琴に対して悪意を抱くものは何人もいたのだが、おそらく、そのなかのなにものかのしわざによって、ある夜、春琴は、ひどい不幸にみまわれた。つまり、夜中に、そのあるものが、寝ている春琴の顔めがけて、鉄瓶《びん》一杯の煮たった湯を注いでから逃げさったのである。佐助は、そのうめき声に目をさまし、春琴のそばへ近よろうとしたが、春琴が顔をおさえて、近よってくれるな、医者を呼んでくれといったので、ほとんどその顔を見なかった。

その事件によって、春琴の美貌は、一瞬のうちに醜く変わってしまった。痛みが引いたあとも、春琴は終日頭巾《ずきん》をかぶって、ひとに顔を見せなかった。春琴は、佐助をよび、お前にだけは顔を見られたくないといった。それから数日後、佐助は、自分の手に針を持ち、両眼を突きさして、みずから盲人となったのである。そのまま奥の間へ行き、春琴にむかって、「お師匠様私はめしひになりました。もう一生涯お顔を見ることはござりませぬ」といったとき、さすがの春琴も深く感動したのか、しばらく言葉もなかった。佐助には、次第に衰えてゆく視力の眼にぼうっとうつった春琴の姿が、まるで仏様のように見えた。このようにして、佐助の自己犠牲によって禍《わざわい》を転じて福とした二人は、以前にもましてなかむつまじい生活をつづけた。事件以後は、春琴は弟子をとらなくなり、佐助が春台という号をもらって、春台先生が教えるようになった。晩年の二人の生活は幸せそのもので、この世が極楽浄土になったようだったと、佐助はのちに語っている。春琴は五十八歳で死んだが、佐助はそれから二十一年も生き、不思議なことに、春琴の命日に彼も死んだ。

「細雪《ささめゆき》」

昭和の絵巻物

「細雪」が、昭和十七年ごろから執筆され、太平洋戦争中の、当局の弾圧にあって発表の手段を失いながらも、戦禍のひまをぬすんで書きつがれ、敗戦後ただちに、昭和二十一年から二十三年へかけて出版されたことは生涯編にのべたとおりである。

この小説は、谷崎の作品中でも最大の長編小説であるのみならず、近代小説中のひとつの傑作である。谷崎はこの作品を書かずに死んだとしても、立派な業績をのこした作家であったが、この作品を生み出したことによって、文学史上にさらにゆるぎない地位をしめることができたといえよう。

この作品に登場する、鶴子《つる》、幸子《さち》、雪子、妙子の四姉妹は、現谷崎未亡人である松子夫人の姉妹をモデルにしたといわれている。松子夫人は、生涯編にものべたように、大阪の藤《ふじ》永田造船所の大株主であった、森田安松の娘で、安松には、浅子、松子、信子、重子の四人の娘がいた。松子夫人は、次女にあたり、小説では幸子にあたるわけである。

松子夫人が、今年（昭和四十一年）になって、『中央公論』に発表している、「倚松庵《いしょうあん》の夢」によれば、「細雪」のある箇所などは、現実に起こったことがらそのままであるようである。しかし、それだからといって、この小説を、いわゆるモデル小説と考えるならば、それは大きな誤りである。

「母を恋ふる記」の解説の部分にも、すでにのべたことであるが、作品の細部に事実をおりこむことは、谷崎が古くから、しばしば行なってきた手法である。たとえば、「蓼喰《たでく》ふ虫」の中に、母につれられて行った芝居《しばい》見物の、幼い日の思い出が書かれているが、その部分の文章とほとんど同じ文章で、谷崎は、「幼少時代」の中に、幼い日の芝居見物を回想しているのである。「幼少時代」は創作ではなくて、事実の回想記であるから、その思い出を、そっくりそのまま、谷崎は創作の中に用いているわけである。だからといって、「蓼喰ふ虫」が私小説であるかといえば、そうではない。「蓼喰ふ虫」のモデルを指摘することはできても、「蓼喰ふ虫」をモデル小説という人はいない。それほど、谷崎の作品は、作品自体が創作としてはっきり独立しているのである。

それと同じように、「細雪」に描かれた人物や土地や事柄について、調べてゆけば、かなり事実そのままに近い部分が発見されることだろう。だからといって、「細雪」がモデル小説であり、そういう興味から読む作品であるなどと考えるものは、一人もいない。それどころか、永井荷風が、「細雪妄評」でのべているように、これほど客観的な小説はないのである。ヨーロッパの作家の中で、フローベルは、非常に客観的な小説を書いた作家として有名であるが、荷風は、そのフローベルの作品と同じくらい、これは客観的な小説であるといっている。

谷崎は、この作品を書いたことによって、一躍、非常に広範囲の読者の支持をうるようになったが、それは、ひとつには、この作品が、そうした客観的な小説であったからでもあろう。それに、それまでの谷崎の作品には、必ずといってもよいほど、母性思慕の念や、マゾヒズムや、フェティシズムなどが色こく投影されていて、一般の読者にはついてゆけない面があった。しかし、この作品は、そのような、ある意味ではかたよった傾向が影をひそめ、ある階級の人間たちの、平均的な生きる姿が、親しみぶかい日常性の中でとらえられていた。それが多数の読者を獲得した、第二の理由である。

また、もうひとつの理由は、その文体である。谷崎は、昭和六年ごろから、急激に古典の世界へ傾斜してゆき、文体も以前とはひどく変化させていった。そして、その行きついたところが、前にものべた、昭和八年の「春琴抄」である。「春琴抄」では、谷崎は、つとめて小説的な描写を避け、事実の叙述だけをならべて、きわめて小説らしくない小説を書こうとした。この傾向をつきつめてゆくと、鷗外のように、小説づくりはやめて、考証の世界へはいってゆくよりはしかたがないと、一見思えた。しかし、それは決してそうではなかった。そのことについては、前節でのべたとおりである。ともかく、外面的な形式の上では、「春琴抄」は、ひとつの完成であり、逆ないい方をすれば、それは行きづまりでもあった。つねに作品の内容にもっとも適した文体をさがし求める谷崎は、その才能にまかせて、それまでも、実にさまざまな文体を駆使して来た。だから、「春琴抄」では、いったん描写を極度に省略した文体を採用して、一方の傾向の極致までのぼりつめた谷崎が、こんどは、それとは全く逆の文体と手法で小説を書こうと考えたのは、大変自然ななりゆきである。「春琴抄」が書かれてから、「細雪」が書かれるまでの間に、小説は、「猫《ねこ》と庄《しょう》造と二人のをんな」と、「聞《ぶん》書抄」しか書かれていない。そのほかの、ほとんどの時間は、「源氏物語」の現代語訳についやされていた。「春琴抄」においては、小説らしい描写をきりつめていたので、こんどの「細雪」では、正面から、いかにも小説らしい小説を書こうとしたのだろう。「春琴抄」においては、約七十年ほどの歳月にわたる物語が、わずか百二十枚に煮つめてある。しかし、「細雪」は現実に起こる事実とまるで同じようなスピードで、ゆったりと物ごとがすすんでゆく。「春琴抄」は、異常な人物の異常な物語であるが、「細雪」は、平凡な人物の平凡な物語である。そのような点に、「細雪」が一般の人気を博した、もうひとつの理由があるのだろう。

「細雪」に対する評価は、「春琴抄」に対するほど、絶賛ばかりではなかった。荷風や日夏耿《こう》之介のような古い世代の文学者には、比較的好評だったが、中村真一郎や篠田一士《はじめ》のような新しい世代の文学者は、かなり批判的な態度をしめしている。中村真一郎は、「此《こ》れは完全な逃避であり、その逃避そのものが、時代に対する強い批判に転化してゐる結果になる」といっているが、篠田一士は、その論をふまえて、「『細雪』は壮大なスケールの下で、近代小説のほとんどすべての技法を駆使して書かれた可憐《かれん》な童話なのである」といっている。つまり、若い世代にとっては、「細雪」の、それなりに完結した世界の描写が、じつは、現実社会の騒音から遊離した、空想世界の出来事である点がものたりないのである。こうした、社会性の欠如は、谷崎の文学においては処女作以来の特色であって、元来、ロマンティシズムの作家である谷崎にとっては、当然の特色なのである。もし、谷崎がその文学の中に、社会性を色こくとり入れたならば、谷崎独特の世界は、一瞬のうちに崩れて消えてしまうだろう。だから、こうした若い世代の批判はもっともではあるが、やはり、批評家のないものねだりといえよう。

谷崎自身は、この作品に、「源氏物語」の影響をそれほど認めていない。しかし、多くの人々が指摘しているように、これは、昭和における「源氏物語」といっても誤まりではない。「細雪」と「源氏物語」との比較については、吉田精一の分析がある。それを簡単に要約しておこう。

㈠描かれている生活雰囲気《ふんいき》。ここに描かれている都市生活は、昭和前期の標準的な「みやびやかさ」であって、それは、源氏における王朝生活の「みやび」と共通する。

㈡主要人物。どちらも優美な女性中心であり、男性が影のうすい点も共通している。

㈢構成。ゆるやかな話の展開、時には不必要と思われる挿《そう》話の続出、それでいて、大きな社会全体を描こうとする手法など、どちらにも共通している。

㈣表現。複雑にからみあった、息の長い文章、自然と生活とが微妙にまじりあった描写など、共通している。

㈤女性の描写。女性の性格や肉体の描写については、どちらもすぐれている。

㈥情緒。「もののあはれ」ともいうべき、高度に洗練された情緒生活が、どちらにもあらわれている。

㈦目的。およそ、すぐれた芸術は、すべて、それ自体の美が目的なのであって、無用有閑の所産である。そういう意味においても、両者は共通している。

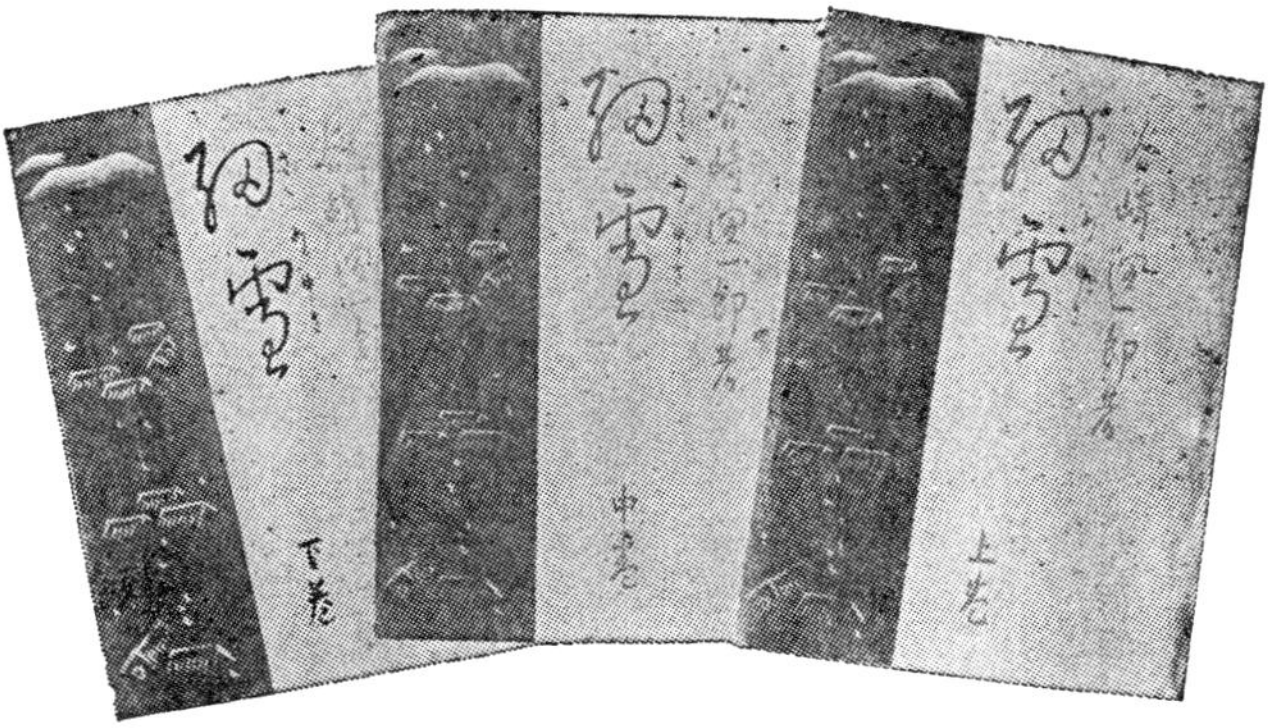
「細雪」初版本表紙

王朝時代から中世へかけて、多くの絵巻物が作られた。それにはさまざまな絵柄のものがあるが、四季おりおりの自然の移りかわりと、人間生活の出来事をおりまぜながら、どこまでも優美にゆったりと時間の推移をみせるものがしばしば見られるところから、そうしたものを、まるで絵巻物のようだといいならわすようになっている。その意味で、春は花見、夏は螢《ほたる》がり、秋は月見というふうに、日本人の王朝時代以来の長い伝統をうけて、つぎつぎとくりひろげられる、「細雪」の世界は、昭和の絵巻物といっても、決してまちがいではないのである。

『細雪』のあらすじ

蒔《まき》岡家は、一時は大阪で指おりの資産家で、船場《せんば》に店を持っていた。鶴子、幸子、雪子、妙子という、その四人姉妹は、いずれも美人で名高かった。鶴子は辰雄を婿に迎え、本家を継いだ。鶴子は平凡なタイプで、四人の中ではあまり目立たない。幸子は、やはり貞之助という婿を迎え、芦屋川に分家して住んでいる。幸子は、明朗ではで好きで、しかも感情的に幅のある女性なので、婚期の遅れている雪子の世話とか、ときどき思いきった行動に出て姉妹を驚かす妙子の相談相手になってやっている。雪子は、内気であるという以外、これといった欠点もないのに、数々の縁談が成立せず、三十になるというのに、まだ独身である。妙子は四人の中ではもっとも近代的で行動的である。かつて、奥畑という男と恋愛をし、かけおちまでして新聞で騒がれたこともある。いまは彼とも別れ、夙《しゅく》川にアパートをかり、人形づくりに芸術的な才能を発揮している。

雪子にこれまで結婚の縁がなかったのは、蒔岡家全盛時代の格式にとらわれていて、相手をえりごのみしていたからであり、そのうちに蒔岡家が没落し、父の死にあうということになり、ますます縁遠くなってしまった。その上、例の妙子の事件のとき、新聞があやまって、雪子のこととして発表してしまったのである。あとで訂正はされたものの、やはり不名誉な事件には違いなかった。もっとも本人は、おっとりしているので、とくに気にしている様子もなかった。

結婚の世話が好きな井谷という婦人が、そんなとき、雪子の縁談を持って来た。財産はないが、かなり高給とりで、生活には不安がなさそうだった。しかし、四十一歳まで独身であったというのは、少し気にかかった。話を持ちこまれた幸子も、当の本人の雪子も、あまり気がすすまないうちに、井谷が一人で立ちまわり、やがて、その瀬越という男と雪子との見合いが行なわれた。この話も、結局はお流れとなった。よく調べてみると、瀬越の家には精神病の血統があることがわかったからである。

翌年に、雪子の縁談がまたあった。こんどは、幸子の女学校時代の友人陣場夫人からの話で、相手は、水産技師をしている野村という男だった。妻子があったが、両親家族ともすでに死亡し、目下は独身で、年齢は四十一歳だということだった。

この前の話よりも条件が悪いし、写真をみると、あまり風采《さい》もよくないので、なんとなく気のすすまないままに、時が立っていった。この間、妙子の人形の個展、白系ロシア人の家での晩餐《さん》などがあり、そして、毎年恒例の行事にはなっているものの、また平安神宮の花見など、幸子、貞之助夫婦を中心に、雪子、妙子、それに幸子の子供である悦子たちの、のどかな日々が明け暮れてゆく。

幸子が黄疸《おうだん》にかかり、それがようやく回復しかかったころ、鶴子から電話があり、辰雄が東京丸之内の支店長へ栄転になったことを知る。生まれてから三十七年間、一度も大阪の土地を離れたことのなかった鶴子は、ただそのことだけを電話口で悲しんでいる。ともかく、辰雄と鶴子、それに雪子は東京へ移転してゆく。

ところが、悦子は、実の母の幸子よりも雪子になついたので、雪子がいなくなってから強度のヒステリー症状を起こし、食欲はなくなるし、むやみに「殺す」と叫んだり、人形に注射したりするようになった。鶴子からは、東京の暮らしがせせこましいことを手紙で訴えて来た。そのうちに、陣場夫人から、例の縁談がむしかえされ、幸子はいそがしくなって来たが、そのためか、流産してしまう。

いよいよ野村との見合いの日となった。幸子は、野村が写真以上にふけてみえる男であること、酔うとますます多弁になって調子にのり、とうとう自宅へつれて行って仏壇にかざった妻子の写真を見せたりしたので、不愉快に思っていた。本人の雪子は、いつも自分の意志をはっきり表わさないのだが、もちろん首をたてにはふらず、この見合いも失敗におわった。また、次の花の季節がめぐって来たので、例年どおり花見をした雪子は、東京の鶴子のもとへ帰って行った。

○

妙子は、その後も奥畑とのつきあいをつづけているようだったが、近ごろは人形の製作に力がはいらず、かえって洋裁に熱を入れ、機会があればフランスへ行きたいと思っているらしかった。妙子は、日ごろいそがしくしており、家族のものともあまり話をしないので、その話を、幸子は、奥畑からきいたのである。奥畑は煮えきらない男で、くどくどと妙子のことを話すのである。妙子のような良家の子女が、なにも職業夫人のまねをして、洋裁をならう必要もないではないかというのである。

幸子は、その話を直接、妙子にきいてみた。妙子は別に否定しなかった。しかし、その話しぶりから察するところ、妙子は奥畑にいや気がさしており、フランスへ渡れば、奥畑ともすっぱり縁が切れると思っているらしかった。

妙子は、そのような近代的な娘であったけれども、半面、非常に古典的な山村流の舞も習っており、発表会では「雪」を舞った。豪華な和服を身にまとった妙子の姿は、家族のものでも見ちがえるほど日本的であった。

その年の梅雨はことに雨が多く、七月五日、ついに阪神地方は大水害にみまわれた。そのとき、妙子は、洋裁を習っている玉置女史の家にいたが、あっという間の増水で、見る間に家は濁流の中に孤立し、女史とその息子の弘と彼女との三人で、一時は死を覚悟していた。ところが、どこからともなく、板倉があらわれて、沈着にして男性的な活躍によって、三人を救出したのである。

板倉は、アメリカ帰りの写真師で、奥畑の親の店の使用人といった格の男で、そんな縁で、妙子の舞台写真をとったりして、妙子もよく知っていた。水害以来、妙子と板倉の間は急速にしたしくなり、恋愛関係にまで発展した。妙子は、奥畑に比べれば、板倉の方がはるかに立派な人間であるといい、姉たちに二人の関係を認めさせようとしたが、姉たちは、板倉の身分があまりにも低いことを理由に、反対した。妙子のことであるから、姉の反対などは無視して、どんな行動をとるかわからなかったが、幸か不幸か、耳の手術から板倉は下半身へ毒がまわり、ひどい苦しみの末、とうとう死んでしまった。妙子は、はた目もかまわず献身的な看病をつづけたが、そのかいもなかった。

○

以前、鶴子の夫辰雄が世話した縁談を、雪子がことわり、辰雄自身、立場がなくなってしまったのにこりて、辰雄夫婦は雪子の問題には、なるべく積極的にはたらきかけないようにしていたが、めずらしく、東京の辰雄のところから、幸子のところへ、雪子の縁談がまいこんで来た。相手は名古屋の素封家で沢崎という人だった。見合いをかねた螢《ほたる》がりに先方まで出かけたが、その、意外に貧相で、つつましく、しかも陰気な沢崎の顔を見ているうちに、幸子は、この見合いは失敗だと感じていた。案の定、沢崎の答は、「御縁無之《ごえんこれなく》」

という大変ぶしつけなものであった。これまで、数々の縁談が成立しなかったとはいえ、先方からことわられたのはこれが初めてであった。しかも、大変無礼なことわり方であった。幸子は憤慨した。

板倉の死後、妙子は再び奥畑とよりをもどした。ほとんど家にはいず、身のまわりのものも、急にはでになって来た。幸子は、周囲の事情も考え、妙子に話して、妙子をアパート住いさせることにした。そのころ、雪子にまた縁談があった。娘がひとりいる、四十五、六の医学博士で、橋寺というのがその相手だった。もっとも医学博士といっても、実際に医者をしておらず、製薬会社の専務取締役をしていた。さて見合いが行なわれ、貞之助だけが雪子のつきそいとして出席した。貞之助の見るところでは、橋寺は円満な好紳士で、いままでの縁談の相手の中では、もっとも条件のそろった男であるようだった。貞之助も幸子も、今度こそは成功するようにと祈っていた。ところが、橋寺の方から雪子に、誘いの電話があったのに、例によっておどおどと返事もできない雪子の態度がわざわいして、この縁談もこわれてしまった。

そのころ、妙子は奥畑のアパートで赤痢にかかり、間もなく入院した。単に病気のためにやつれたとは思えないほど不健康な顔色をしている妙子をみて、幸子は心を痛める。それに、ばあやの話から、妙子が、三好というバーテンと新たなつきあいをはじめ、奥畑がそれに気づき、妙子を嫉妬《しっと》していることを知る。

幸子は貞之助と、久しぶりに夫婦水いらずの旅行を楽しむ機会があった。芦屋へ帰ってから、幸子は雪子をまじえて妙子と話しあった。妙子の話によると、奥畑には、満洲《まんしゅう》国皇帝のおつきになる役目で満洲へ出かける話があるという。これまでの奥畑との、長いふっきれない関係を清算するためには、ここで妙子が奥畑と満洲へ渡り、結婚をしないまでもしばらく二人だけで暮らすのがもっともよい解決法であると、雪子も幸子も妙子にすすめる。妙子は、その考えに賛成しないが、その晩は日ごろおとなしい雪子が、めずらしく強い態度で妙子を説きふせようとした。

そうこうしているうちに、また雪子の縁談がもちあがった。こんどの相手は、御牧《みまき》という公卿《くげ》華族の庶子だった。専門は航空学だが、その方はなおざりにして、建築家になったが、戦争がはじまるとともに仕事もなくなり、現在では遊んでいる身分だった。外国生活の経験もある、四十五歳の独身の男だった。

その話をもって来たのは、以前にも縁談を世話したことのある井谷であった。今度井谷が話の途中で渡米することになったので、幸子は雪子と妙子をつれて上京した。御牧と雪子の見合いは、その送別会にかこつけて、なにげなく行なわれ、まずまず成功であった。幸子が、本当に今度こそはと思っているやさき、とんでもない事件がもちあがってしまう。健康がすぐれない妙子に、幸子が心配して問いただしてみると、妙子は三好の子を、すでにみごもっており、妊娠三カ月をすぎていることがわかった。せっかく雪子の話がまとまりかけているのに、このことがおもてざたになれば、すべてはおしまいである。幸子は心配で眠られない一夜をあかした。

幸子は夫の貞之助と相談し、妙子を有馬温泉へ転地させ、子供が生まれるまで、そっとさせておくことにした。

妙子は出産の際、ひどい苦しみ方をした。そして、生まれた子は、ついに声をたてなかった。ベッドの上でまるで蠟《ろう》のように青白い顔をして横たわっている妙子の顔を見ると、幸子は、妙子に、死んだ板倉や奥畑の恨みがとりついているのではないかと思い、ぞっとした。

退院した妙子は、ひとまず三好と一緒にアパートをかり、そこへ移った。雪子の縁談はこんどこそ成立し、結婚式は四月二十九日の天長節（現在の天皇誕生日）に行なわれることとなった。芦屋の家には、そのよめ入り道具が山のように積まれていた。身のまわりの品をとりに帰った妙子は、こっそりとまとめると、また三好のいるアパートへ去って行くのだった。

結婚式に間にあうように、貞之助と幸子夫婦が雪子をつれて出発したのは、昭和十六年の四月二十六日であった。太平洋戦争のはじまったのは、その年の十二月八日である。

随筆その他

朱雀日記

初期の谷崎は、ほとんど随筆を書かなかった。明治四十五年に、「朱雀《すじやく》日記」を書いたが、これは生涯編でものべたように、新聞社の企画で、当時、新進作家であった谷崎に、関西の見聞記を書かせようという考えがあり、そのために谷崎が書いたものである。当時の谷崎が、連日、酒と女の遊蕩《とう》三昧《まい》にくらしていたことは、これも生涯編にのべたとおりであるが、そうした中で書かれた文章とは思えないほど、濃厚な、凝った文章である。それはともかくとして、それほどおもしろいものではない。

中国見聞記

大正七年に谷崎は、単身中国へ出かけ、その旅行の見聞を、いくつかの随筆として発表している。「蘇州《そしゆう》紀行」「秦淮《しんわい》の夜」「南京《なんきん》奇望街」「画舫《がぼう》記」「支那劇を見る記」などがそれである。異国の新しい風土に接してくると、多かれ少なかれ刺激をうけるものだから、とくに作家の眼で見た紀行文などは、観察が鋭くて、なかなかおもしろいのが普通である。しかし、どういうわけか、これらの谷崎の中国見聞記は、あまりおもしろくはない。通りすがりの旅行の印象を、あっさりとシャレた感じで書きながすということは、谷崎の好むところではなかったのだろう。

饒舌録

大正九年には「芸術一家言」を、昭和二年には「饒舌録《じょうぜつ》」を書いた。これらは、主に小説に関する谷崎の意見を、心のおもむくままに書いたもので、谷崎の小説観がうかがわれ、おもしろいものである。ことに、「饒舌録」が、たまたま芥川龍之介との論争をまきおこし、興味ぶかい話題を提供したことは、生涯編にのべたとおりである。

私の見た大阪及び大阪人

谷崎が、本当に随筆らしい随筆を書くようになったのは、昭和七年の『倚松庵随筆』あたりからである。ここには、「懶惰《らんだ》の説」「恋愛及び色情」「現代口語文の欠点について」などが収録されている。その同じ年には、「私の見た大阪及び大阪人」という随筆が書かれている。この年は、谷崎が関西へ移住してから十年目にあたっている。一方では根津松子ともつきあい、古川丁未子と結婚している。いずれも関西の女性であった。いわゆる上方《かみがた》文化についての知識も体験も豊富になっていた。谷崎は江戸っ子である。その江戸っ子が震災を契機として関西に定住するようになって、若いころは反発を感じていた上方文化に、次第に愛着を感じてくるようになるのである。若いころは、大阪の料理や京都の料理をけなし、大阪人の野卑な点、けちな点などをこきおろしていた。それが年をとるにしたがって、だんだん上方の趣味に同化し、むしろ上方を弁護する立場にまわるようになる。このほかにも、しばしば上方と江戸との趣味の相違について、谷崎は書いている。谷崎にとって上方は、最初はひどく好みにあわない異国であった。それが、第二の故郷ともなったのである。それには、谷崎の第一の故郷である東京が、震災で一挙に壊滅し、古きよき江戸のなごりは消えさり、あとには雑然とした個性のない都市が出現したという理由もあった。日本の作家は、ほとんどが東京へ集中してしまう。関西に住んで関西の生活風土になじんで、その特色を生かした作品を描く作家は少ない。関西出身の作家がもともと少いうえ、関東から関西へ移住して定着した作家などは、一層少ないのである。そのような事情のなかで、谷崎のような大作家が、関西の生活を身をもって体験し、その体験と知識を土台にしなければ書きえないような作品を、いくつも生み出したことは、それだけでも貴重な収獲であった。谷崎の大阪や京都に関する随筆は、そうした作品を生むための土台の一部を、谷崎が読者にもらしてくれたようなものである。もともと関西出身の作家でないために、つねに江戸と上方との対比が客観的にできるという利点もあって、谷崎のこの種の随筆はおもしろいのである。

青春物語

同じ昭和七年には、「青春物語」を書いている。谷崎の幼少年時代の思い出や、青春時代の思い出は、谷崎自身の手によって、くわしい回顧録が書かれた。幼少年時代のものは、のちに書かれる、「幼少時代」であり、青春時代のものが、この回想記である。谷崎は、非常に記憶力のすぐれた人で、幼少年時代の記憶にしても、実にこまかい事実まで、はっきりと覚えている、細部にくわしいと同時に、その場の雰囲気《ふんいき》をも鮮明に記憶しており、その雰囲気を再現する巧みな筆力もかねそなえているのだから、いずれも見事な読物となっている。もちろん、回想記にはありがちな、年代のあやまりとか、そのほか、ささいな間ちがいはないわけではない。しかし、谷崎が生きて来た時代の雰囲気を知るためには、非常

「青春物語」表紙とケース

にすばらしい、値うちのある記録であり、当時を知る資料としても、かなり信用度の高いものである。

この「青春物語」には、パンの会の雰囲気が、まるで目に見えるように生きいきと描かれている。生涯編の、パンの会の部分は、ほとんど、この回想によって叙述したものであるが、谷崎自身の伝記を書くときばかりではなく、パンの会の生きた記録としても、この部分は、大変貴重なものなのである。

そのほか、この回想記の中には、岡本かの子の兄で、若くして世を去った文学者、大貫晶川《しょうせん》のことや、万龍という、当時もっとも人気のあった、美人の芸者を妻とした恒《つね》川陽一郎のことや、訳詩集『海潮音』の訳者で学者であった上田敏のことや、谷崎自身の京都での遊蕩三昧の話などが書かれている。

陰翳礼讃

昭和八年から九年へかけて、「陰翳礼讃《いんえいらいさん》」が書かれた。谷崎の随筆といえば、必ずこの題名を思いだすほど、これは有名なものである。「春琴抄」が書かれたあとに発表されたもので、谷崎が古典趣味へ深く傾斜していたころの随筆であるから、内容もおのずとそうした傾向のものである。「陰翳」とは、かげのことである。古い日本人の生活にみられる、かげの部分、その美しさと効用をのべたものである。古いどっしりとした日本建築は、戦前には、それでも大分残っていた。しかし、今日では、ほとんどなくなり、地方の旧家でもないかぎり、めったに見られない。そして、新しく建てられる家は、日本風な建築でも、どこかに洋風なものがとり入れられたり、そうではなくても、できるだけ採光をよくして、暗さをなくそうとつとめているのが現状である。

ところが、この随筆で谷崎が礼賛しているのは、かつての古い日本建築にみられたような暗さよりも、もっと古い時代の暗さである。電灯のないころの日本人の生活は、蠟燭《ろうそく》や燭《しょく》台の明かりによるものだった。長い年月を経て、すすやあかで黒く光っている柱の中の奥ぶかい部屋、そこには、昼間でさえ、外の光がほとんどさしこまない。夜は、ぼんやりと、その周囲だけしか明るくならない燭台の光しかない。そのような暗さのなかで、金糸で織られた重い衣裳や、金屏風《びょうぶ》や、黒漆を塗った調度品が、底にしずんだような、鈍い光を放つ。もっと暗いかげの中から、ほの白い、あるかなきかの顔かたちをした女があらわれる。――このような意味での美しさを、谷崎は、この随筆の中で、口をきわめて礼賛するのである。

能面の美しさ、あるいは人形浄瑠璃《じょうるり》の人形の美しさ、また、歌舞伎《かぶき》役者の美しさでさえも、それらは、本来、蠟燭の明かりの下ではじめて発揮されるものである。こうこうと輝く螢光灯やフットライトの光の中では、それらのもつ真の美しさは死んでしまう。このへんまでは現代のわれわれにも理解できる。しかし、昼なお暗いような採光の悪い家の奥に、終日たれこめて生活していたために、からだ全体が青白くなってしまった女性に美をみとめるのは、不健康な生活を奨励しているようでもある。西洋の水洗便所の方が、旧式のくみ取り便所より、はるかに清潔であることは疑問がない。けれども谷崎は、この随筆のなかで、もちろん特殊な便所ではあるが、日本に伝わっている旧式の便所を礼賛している。

このような記述をよむと、今日の読者は、おそらく、ほとんど同感しないであろう。しかし、この文章をそのままにうけとることも危険なのである。谷崎自身が、ただこうした古典趣味におぼれきってしまっていたとしたら、谷崎の作家としての生命は、この時期にとっくに終わってしまったはずである。谷崎自身は死ぬまで、新しい文明の利器には、なかなか関心が深かったし、つねに時代の流行におくれないだけの努力もしていたのである。たとえば、小説「鍵《かぎ》」を書いたのは昭和三十一年のことだが、その中に、ただシャッターを押しさへすれば、自動的に現像焼付がされて完成した写真が出てくる、ポラロイドというカメラが登場する。この新型のカメラは、この時分まだあまり知られていなかった。この小説を読んで、その存在をはじめて知った読者も多かったはずである。このとき、作者は、実に七十一歳であった。

これはほんの一例にしかすぎないが、作者が高齢になっても、いかに新しい文明の利器に関心が深かったかが解るだろう。谷崎は生粋《きっすい》の都会人である。都会人が文明の恩恵をみずから放棄することは考えられない。と同時に、都会人ほど文明の悪影響を身にしみて知っているものはいないから、時には文明に対する毒舌もはき、文明に反したような、ひどく不便な生活に理想を見いだすことが多い。田園生活に美を見いだすのは、きまって都会人である。農村の人々にとっては、田園生活とは、きびしい労働の場でしかない。それと同じようなことが、谷崎の古典趣味にもいえると思う。

文章読本

さて、昭和九年には、谷崎は『文章読本』を書いた。これは随筆ではなくて、題名の示すとおり、文章についてのさまざまな事柄をのべたものである。序文に、「われ〳〵日本人が日本語の文章を書く心得」を書いたものであると谷崎が書いている。内容を知るために、目次を簡単に紹介しておこう。

一文章とは何か
　言語と文章　実用的な文章と芸術的な文章　現代文と古典文　西洋の文章と日本の文章
二文章の上達法
　文法に囚《とら》はれないこと　感覚を研《みが》くこと
三文章の要素
　文章の要素に六つあること　用語について　調子について　文体について　体裁について　品格について　含蓄について

谷崎の随筆的な文章は、これまでみて来たように、やはり個性の強いもので、とくに、自分の得意とすることに関しては、さきの「陰翳礼讃」にみられるように、ひどくかたよった趣味をのべることがある。しか

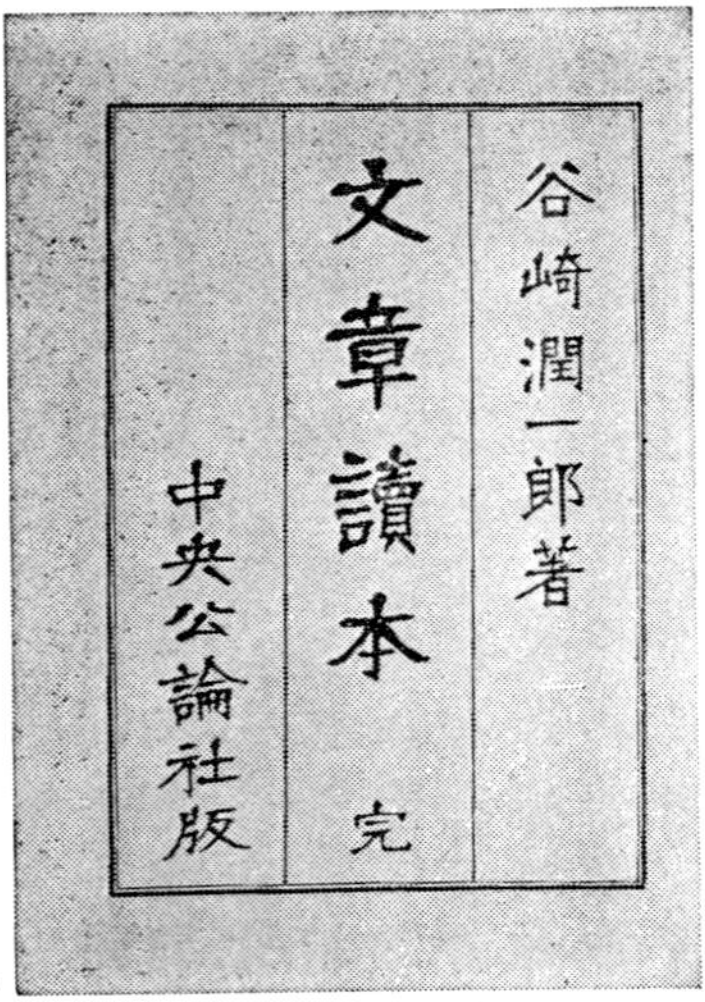

「文章読本」カバー

し、この『文章読本』は、その用途を考えたためか、大変公平な立場から、客観的に書かれているので、だれにでも読みやすい。だからといって、客観的なばかりで、無味乾燥な解説書とは違い、さすがに谷崎が書いたものだけあって、すみずみまで作家的な神経がゆきとどいており、個性的な解説書となっている。ただ、書かれた年代が古いので、用字や用語が今日の読者には読みにくくなっているのが残念である。

およそ小説家であって、文章に関心のないものはないだろう。しかし、谷崎は、そうした小説家の中でも、非常に文章に意を用いる方であった。生涯編でもみられたように、中学生のころから、谷崎は名文家であり、「刺青」で文壇に登場したときには、すでに完璧《べき》な文章を自由自在に駆使しうる、一人前の作家であった。その後の谷崎は、内容に応じて千変万化の文章を使いこなして、そのたびに読者を驚かした。あるときは華麗な文体、あるときは平明な文体、あるときは会話体、あるときは叙述体、あるときは擬古文体、あるときは日記体……というふうに、文体の種類を数えるだけでも容易でないほど、谷崎はさまざまな文体を意のままにあやつっている。その谷崎が書いた文章の読本であるから、おもしろくないはずはない。

「現代文と古典文」という一節から、すこし引用しておこう。

「皆さんは、**文章を綴《つづ》る場合に、先づその文句を実際に声を出して暗誦《しょう》しそれがすら〱と云《い》へるかどうかを試してみることが必要**でありまして、もしすらすらと云へないやうなら、読者の頭に這入《はい》りにくい悪文であると極《き》めてしまっても間《ま》違ひはありません。現に私は青年時代から今日に至る迄《まで》、常にこれを実行してゐるのでありますが、かう云《い》ふ点から考へましても、朗読法と云《い》ふものは疎《おろそ》かに出来ないのでありまして、もし皆さんに音読の習慣がありましたら、蕪雑《ぶざつ》な漢語を無闇《むやみ》に羅列《られつ》するやうなこともなくなるであらうと信ずるのであります。」

春琴抄後語

やはり同じ昭和九年に、「春琴抄後語」という文章がある。これは、「春琴抄」が書かれたことに対する、さまざまのうちあけ話である。谷崎は、自分の作品については、あまり語らないが、それでも、時おり、こうした文章も書いている。昭和十三年の、「源氏物語の現代語訳について」という文章も、やはりこの種のものであろう。いずれも、その作品を理解するためには重要なものである。

磯田多佳女のこと

昭和二十一年には、「磯田多佳《たか》女のこと」という文章がある。この女性は、谷崎と親交のあった文学趣味ゆたかな才女であるが、このほかにも、短文ではあるが、自分になんらかの影響を与えた人物を描いた文章が、いくつか見られる。「滝田君の思ひ出」「芥川氏と私」「旧友左団次を悼《いた》む」「上山草人のこと」などがそれである。これらの短文や、さきにのべた「青春物語」などにふくまれている、さまざまな人物を描いた文章のいずれをとっても、谷崎が、恩を忘れない、心の暖かな人であったということがよくわかるのである。

月と狂言師

昭和二十四年、「月と狂言師」が発表された。これは、その前年に、京都南禅寺の金地院《こんち》で、中秋の名月を見たときのありさまを記した文章であるが、これは、ただ随筆であるといい捨ててしまうにはあまりにも惜しい、すばらしい名文なのである。大蔵流の狂言の名人、茂山千作を囲んで、それぞれ芸達者な客たちが、美しい月の光をめでながら、そうぞうしいなかにも、一種の気品をたたえた月見の宴を展開するという、ただそれだけの話なのだが、谷崎のすばらしい筆の力によって、現実の出来事でありながら、まるで遠い昔の夢の中の出来事であるかのような美の世界が作り出されている。ここにはなんの主張もない。なんの話の筋もない。しかし、文章でなければ決して味わうことのできない美の世界がある。

幼少時代

最後に、「幼少時代」について書いておきたい。これは、昭和三十年から三十一年へかけて書かれた回想記である。そのとき、作者は、七十歳であった。この「幼少時代」と、さきに

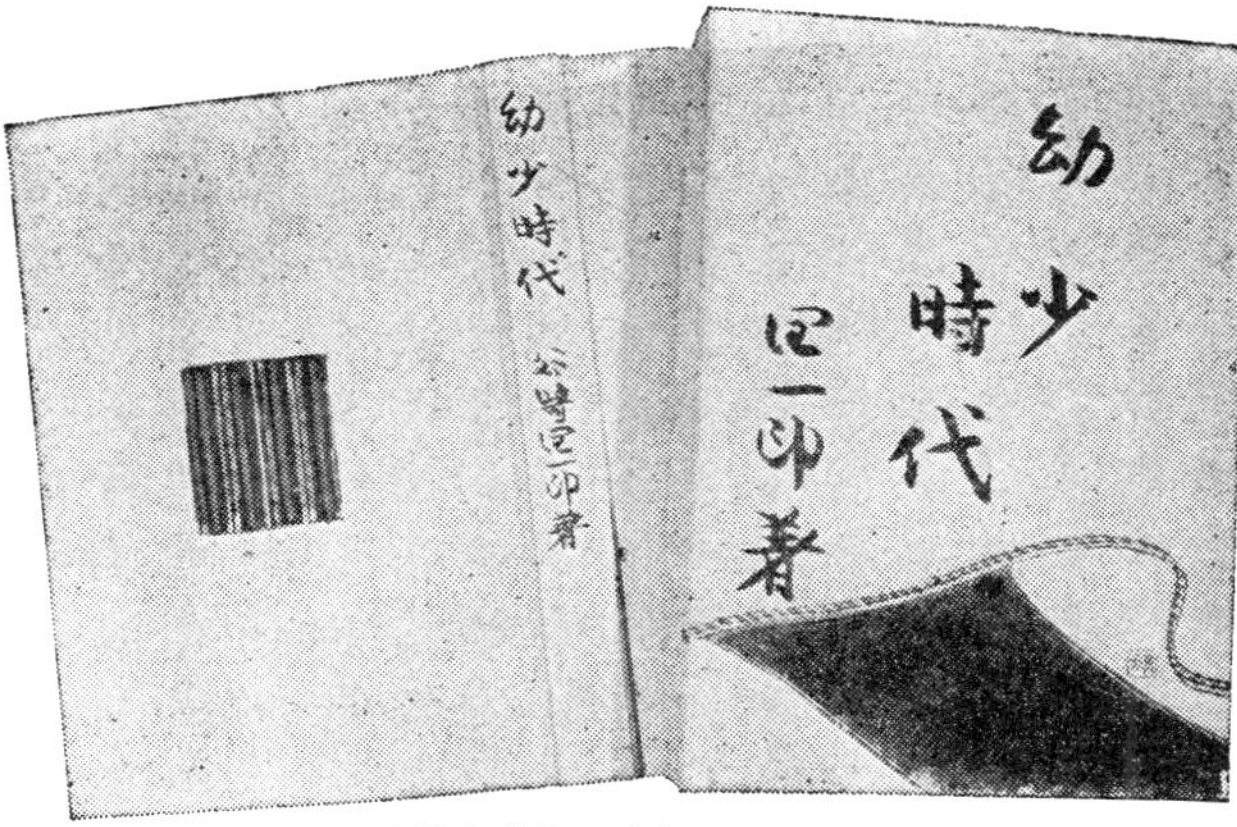

「幼少時代」表紙とケース

のべた、「青春物語」とを連続させると、谷崎が生まれたときから二十七歳のあたりまでの伝記的な事実が、随分くわしくわかるのである。この本を書くにあたっても、この二つの回想記を、非常に利用している。ことに幼少年時代の記述は、ほとんど、この回想記によって書いたものである。今後、もっと詳しい谷崎の伝記が書かれるときにもこの二つの回想記は絶対に無視できないだろう。何度ものべるようだが、それほど谷崎の記憶力は豊かなのである。この回想記が、七十歳の谷崎によって書かれたという事実を、何度でも強調しておきたい。どうやらこの本は、「幼少時代」にはじまって、「幼少時代」におわったようである。

年譜

一八八六年（明治一九）七月二四日、東京市日本橋区（現、東京都中央区日本橋）蛎殻町二丁目一四番地に、父倉五郎、母関の次男として生まれた。長男は夭折したので、実際は長男として育てられた。生家は米相場の速報を印刷していた裕福な祖父の家で、父は一時、㊄久《まるきゅう》という米の仲買店を開いたこともある。

＊日本最初のストライキおこる。

一八九二年（明治二五）**六歳**　市立阪本尋常高等小学校に入学。乳母の付添なしでは通学できず落第。

＊濃尾大地震。

一八九三年（明治二六）**七歳**　再び一年生となり、今度は首席となる。担任は野川先生。

＊「文学界」創刊。

一八九七年（明治三〇）**一一歳**　高等科へ進学、担任は稲葉先生。二年前ごろから父の商売は没落の一途をたどる。

＊富山などに米騒動。

一八九九年（明治三二）**一三歳**　このころ秋香塾、サンマー塾へ通う。

＊家庭小説の流行。

一九〇一年（明治三四）**一五歳**　ますます窮乏する家庭の事情から、進学を断念していたが、師友の後援で、府立第一中学校へ入学。校友会雑誌に文章を発表しはじめる。

＊足尾鉱毒事件の直訴。

一九〇三年（明治三六）**一七歳**　一家ますます苦境。北村氏方に家庭教師として住みこむ。

＊藤村操、華厳滝で自殺。

一九〇五年（明治三八）**一九歳**　第一高等学校英法科に入学。

＊日露戦争終わる。

一九〇七年（明治四〇）**二一歳**　北村家の小間使福子と恋愛、そのために職を失う。英文科に転入。

＊自然主義ようやく盛んとなる。

一九〇八年（明治四一）**二二歳**　東京帝国大学文科大学国文科に入学。

＊永井荷風、フランスから帰国。

一九一〇年（明治四三）**二四歳**　第二次『新思潮』を、小

山内薫を中心に創刊、「刺青」などを発表。国文科を諭旨退学となる。パンの会で荷風に会い、のち有楽座で『新思潮』を手わたす。

＊大逆事件発覚。

一九一一年（明治四四）**二五歳**　荷風の文章によって花々しく文壇に登場する。「少年」、「幇間」など。

＊社会主義文学などへ政治的圧迫加わる。

一九一二年（明治四五・大正元）**二六歳**　関西で遊蕩生活にふける。神経衰弱と肥満に悩まされ、徴兵検査に不合格となる。

＊明治が終わる。

一九一五年（大正四）**二九歳**　石川千代子と結婚。東京、本所区（現、台東区）新小梅町に住む。

＊情痴文学流行。

一九一六年（大正五）**三〇歳**　長女鮎子生まる。小石川区（現、文京区）原町へ越す。

＊芥川ら第四次『新思潮』創刊。

一九一八年（大正七）**三二歳**　神奈川県鵠沼に転居。単身、中国旅行をする。前年に、母死す。

＊第一次世界大戦終わる。

一九一九年（大正八）**三三歳**　本郷区（現、文京区）曙町、そして次に、神奈川県小田原へ越す。父死す。このころから、佐藤春夫との交遊はじまる。

＊労働争議はげしくなる。

一九二〇年（大正九）**三四歳**　大正活映に関係し、「アマチュア倶楽部」などの活動写真を製作する。

＊通俗小説流行しはじめる。

一九二一年（大正一〇）**三五歳**　横浜市本牧へ転居、翌年、同市山手へ移る。この前後さかんに戯曲を書く。「お国と五平」など。

＊原敬暗殺される。

一九二三年（大正一二）**三七歳**　箱根で関東大震災にあう。家族とともに、京都市上京区等持院へ、つづいて要法寺へ、そして、兵庫県六甲の苦楽園へと転居ばかりする。

＊『文芸春秋』創刊。

一九二四年（大正一三）**三八歳**　兵庫県武庫郡本山村岡本に転居。「痴人の愛」が大変な人気をよぶ。

＊同人雑誌乱立時代はじまる。

一九二六年（大正一五・昭和元）**四〇歳**　再び中国へ旅行

する。円本時代がはじまり、谷崎も莫大な収入をうる。
一九二七年（昭和二）**四一歳**　「饒舌録」で芥川竜之介と論争をかわすが、間もなく芥川の死に会う。このころから、古川丁未子を知る。
＊金融恐慌。
一九二八年（昭和三）**四二歳**　「卍」「蓼喰ふ虫」を発表。
＊三・一五事件。
一九三〇年（昭和五）**四四歳**　妻千代子を佐藤春夫に譲る。いわゆる妻君譲渡事件が生ずる。世論は大いに騒ぐ。「乱菊物語」を大衆小説と銘うって発表。
＊大衆文学が流行。
一九三一年（昭和六）**四五歳**　古川丁未子と結婚、高野山泰雲院で「盲目物語」を書く。西宮市外の根津家の別荘の離れに住む。この年、「吉野葛」「武州公祕話」など。
＊満洲事変おこる。
一九三三年（昭和八）**四七歳**　丁未子と別居する。前年に「芦刈」、この年に「春琴抄」「陰翳礼讃」など。
＊国際連盟を脱退する。
一九三五年（昭和一〇）**四九歳**　根津松子と結婚する。丁未子とは前年に離婚した。前年に「文章読本」、この年に「聞書抄」など。また、「源氏物語」の現代語訳をはじめる。
＊芥川賞・直木賞設定。
一九三六年（昭和一一）**五〇歳**　「猫と庄造と二人のをんな」を発表。
＊二・二六事件。
一九三八年（昭和一三）**五二歳**　「源氏物語」の現代語訳を完成。翌年から三年がかりで出版される。
＊戦争文学が流行する。
一九四三年（昭和一八）**五七歳**　「細雪」を発表しはじめたが、政府の断圧で掲載禁止となる。
＊ガダルカナル撤退。
一九四四年（昭和一九）**五八歳**　熱海市西山へ疎開。「細雪」上巻の私家版を作る。
＊本土空襲はじまる。
一九四五年（昭和二〇）**五九歳**　岡山県津山、そして勝山町へと疎開する。そこで荷風と会う。
＊太平洋戦争おわる。
一九四六年（昭和二一）**六〇歳**　京都へ移り、結局、左京区南禅寺下河原町へ転居、そこを潺湲亭と名づける。こ

の年から三年がかりで「細雪」を発表する。「細雪」により、毎日出版文化賞、朝日文化賞をうける。

一九四九年（昭和二四）**六三歳** 左京区下鴨泉川町へ転居。文化勲章をうける。この年、「少将滋幹の母」「月と狂言師」など。

一九五〇年（昭和二五）**六四歳** 熱海市仲田に別邸を設け、雪後庵と名づけた。「源氏物語」の新訳にかかり、四年後に完成。

一九五四年（昭和二九）**六八歳** 熱海市伊豆山鳴沢に転居、後の雪後庵と称す。

一九五六年（昭和三一）**七〇歳** 前年に「幼少時代」「過酸化満俺水の夢」、この年に「鍵」を発表。

一九五九年（昭和三四）**七三歳** 「夢の浮橋」など。このころから書痙になり、口述筆記となる。

一九六一年（昭和三六）**七五歳** 「瘋癲老人日記」など。

一九六二年（昭和三七）**七六歳** 「台所太平記」など。

一九六五年（昭和四〇）**七九歳** 七月三〇日の朝、神奈川県湯河原町の自宅で、腎不全と心不全を併発して死去。絶筆は「七十九才の春」と「にくまれ口」であった。墓は京都の法然院に生前たてられていた。

参考文献

『谷崎文学』 日夏耿之介 朝日新聞社 昭25・3
『谷崎潤一郎論』 中村光夫 新潮文庫 昭31・4
『谷崎潤一郎の文学』 橋本芳一郎 桜楓社 昭40・6
『谷崎潤一郎の文学』 風巻景次郎・吉田精一編 塙書房 昭29・7
「谷崎潤一郎」（『近代文学鑑賞講座』第九巻） 吉田精一編 角川書店 昭34・10
『探美の夜』 中河与一 角川文庫 昭36・11
『谷崎潤一郎読本』（『文芸』・臨時増刊） 河出書房 昭31・3
「特集谷崎潤一郎・作家論と作品論」（『国文学解釈と鑑賞』） 至文堂 昭32・7
「特集荷風と潤一郎」（『国文学』） 学燈社 昭39・4
「僕等の結婚（閑談半日）」佐藤春夫 白水社 昭9・7
「潤一郎人及び芸術（文芸一夕話）」 改造社 昭3・7
「谷崎潤一郎（近代作家伝㈠）」 村松梢風 新潮社 昭27・1

さくいん

谷崎潤一郎《たにざきじゅんいちろう》■人と作品　　定価はカバーに表示

1966年10月15日　第1刷発行©
2016年8月30日　新装版第1刷発行©
2017年1月20日　新装版第2刷発行

・著　者……………………福田清人《ふくだきよと》／平山城児《ひらやまじょうじ》
・発行者……………………渡部　哲治
・印刷所……………………法規書籍印刷株式会社
・発行所……………………株式会社　清水書院

〒102-0072　東京都千代田区飯田橋3-11-6
Tel・03(5213)7151～7
振替口座・00130-3-5283
http://www.shimizushoin.co.jp

検印省略
落丁本・乱丁本はおとりかえします。

CenturyBooks

Printed in Japan
ISBN978-4-389-40107-8

CenturyBooks

清水書院の〝センチュリーブックス〟発刊のことば

近年の科学技術の発達は、まことに目覚ましいものがあります。月世界への旅行も、近い将来のこととして、夢ではなくなりました。しかし、一方、人間性は疎外され、文化も、商品化されようとしていることも、否定できません。

いま、人間性の回復をはかり、先人の遺した偉大な文化を継承して、高貴な精神の城を守り、明日への創造に資することは、今世紀に生きる私たちの、重大な責務であると信じます。

私たちがここに、「センチュリーブックス」を刊行いたしますのは、人間形成期にある学生・生徒の諸君、職場にある若い世代に精神の糧を提供し、この責任の一端を果たしたいためであります。

ここに読者諸氏の豊かな人間性を讃えつつご愛読を願います。

一九六七年

SHIMIZU SHOIN